D1577454

Best Friends
Forever

Papel certificado por el Forest Stewardship Council®

MIXTO
Papel procedente de
fuentes responsables
FSC® C117695

Primera edición: febrero de 2020

© 2020, Ana Punset
© 2020, Penguin Random House Grupo Editorial, S. A. U.
Travessera de Gràcia, 47-49. 08021 Barcelona
© 2020, Laia Matari, por las ilustraciones
© 2020, Penguin Random House Grupo Editorial / Judith Sendra,
por el diseño de interior

Printed in Spain – Impreso en España

ISBN: 978-84-17922-80-1
Depósito legal: B-386-2020

Compuesto en Compaginem Llibres, S. L.

Impreso en Limpergraf
Barberà del Vallès (Barcelona)

GT 2 2 8 0 1

Penguin
Random House
Grupo Editorial

ANA PUNSET

Best Friends Forever

Primer año en el internado

Ilustraciones de **Laia Matari**

Montena

J
Primer día de mi nueva vida

Solo veo árboles, árboles por todas partes. Todavía no puedo creerme que en medio de un bosque tan denso pueda esconderse **el mejor internado del país, el mismo que será mi casa a partir de ahora** y donde estudiaré primero de ESO.

—¿Nerviosa? —me pregunta mi padre mirándome a través del espejo retrovisor del coche mientras conduce.

Yo me encojo de hombros antes de confesar:

—Un poco. —Porque a él no puedo ocultarle nada, me conoce mejor que yo misma.

A su lado, en el asiento del copiloto, mi madre suspira, también nerviosa, sin añadir nada. Estoy segura de que está taquicárdica perdida.

—**Todo irá bien**, estarás genial —me dice él guiñándome un ojo. Yo le respondo con una sonrisa algo más tranquila.

Tiene razón, todo irá genial. ¿Por qué no? No olvidemos que me **he ganado una de las cinco becas que el elitista internado Vistalegre concede cada año,** y que gracias a eso podré estudiar en sus fantásticas instalaciones sin tener que pagar todos los meses una burrada de dinero. Fue mi tutora, es decir, extutora, la que me aconsejó probar suerte. Según ella, **aquí tendré muchas más oportunidades que en mi colegio de toda la vida.** Vistalegre es de esos sitios que nombras y todo el mundo cambia de expresión, así que supongo que eso me ayudará cuando tenga que entrar en la universidad o buscar un trabajo.

¿El inconveniente? Que **Vistalegre no es un colegio al uso, es un internado.** Sí, un lugar en el que, además de estudiar, pasaré un año entero apartada de todo lo que ha sido mi vida hasta este momento. Y por eso, sobre todo, estoy inquieta. Porque no es lo mismo cambiarse del colegio que está cerca de tu casa al que está unas calles más lejos, que coger todas tus cosas y **mudarte,** directamente, a un nuevo hogar perdido en el bosque. Pero, bueno, mi padre tiene razón..., **seguro que todo irá bien, ¿no?**

—¡Genial, lo conseguí! —grita de pronto mi hermano de cinco años levantando el brazo al aire, sentado en su elevador a mi lado.

Nico está entretenido con la consola totalmente au-

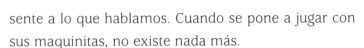

sente a lo que hablamos. Cuando se pone a jugar con sus maquinitas, no existe nada más.

—¿Ya has vencido al jefe? —le pregunto asomándome a la pantalla.

—Sí, y he conseguido un montón de gemas nuevas que me sirven para...

Nico me sigue hablando del juego. Yo no soy de videojuegos, pero me gusta que me cuente sus avances con esos hoyuelos que se le dibujan en la cara de la emoción que siente. Escucharlo me sirve para relajar la cabeza y pensar en otra cosa que no sea mi futuro, cada vez más próximo.

—**Ya hemos llegado** —anuncia de pronto mi padre, devolviéndome a la realidad.

Me agarro al cinturón de seguridad como si acabara de advertirme de una colisión inminente. **¿Será porque me siento un poco como si fuera a sufrir una...?** Trato de relajarme toqueteando el cierre del bolso que llevo en el regazo; es un regalo de mi padre. Lo eligió él en el mercadillo medieval al que fuimos este verano en nuestro pueblo y le tengo un cariño especial. No es nada del otro mundo: pequeño, cuadrado, de cuero marrón oscuro..., pero me parece el mejor bolso del mundo, y por eso lo he incluido en mi equipaje.

Mientras traspasamos la enorme puerta de hierro que indica el acceso al internado y avanzamos por el camino de tierra que serpentea hasta la entrada, tengo

la sensación de entrar en un palacio del siglo xv. **¿Acaso hemos viajado al pasado?**

—Ahí está el hipódromo —comenta mi padre.

—Los caballos son peligrosísimos. Ten mucho cuidado, Julia.

—Tranquila, mamá, me pondré el casco —bromeo, y mi padre se ríe.

—No me hace gracia. Una caída de un caballo puede ser mortal.

Papá alarga la mano y la posa sobre la de mi madre, que la recibe encantada.

—No se caerá, porque estará rodeada de gente que cuide de ella constantemente y aprenderá cosas nuevas, que eso siempre es bueno.

—Está bien. —Mi madre suspira algo más tranquila.

Desde que tengo memoria, mi padre y mi madre han sido como los polos opuestos de mi vida: él es seguro, vivaz y aventurero; ella, miedosa, precavida y en contra de exponerse y de exponernos a cualquier peligro. Vicente, mi padre, tiene un taller mecánico y mi madre, Isabel, lleva toda la vida como educadora en la misma escuela infantil. Nunca nos ha faltado nada, y en verano solemos ir unos días de vacaciones todos juntos, pero **ni en el mejor de los sueños podrían pagar un curso en Vistalegre**, lo que hace que mi madre esté más nerviosa de lo habitual: esta beca no es una oportunidad más, es la oportunidad de mi vida.

Una vez aparcado el coche, cojo mi querido bolso y salgo del vehículo con los ojos fijos en ese edificio de piedra que se yergue delante de nosotros. Definitivamente, en algún momento de su historia debió de ser un castillo, y ahora **esta construcción con torres en los laterales es mi nuevo hogar**. Mi padre coge del maletero la única maleta que he llenado con lo imprescindible para este año y me avisa para que me una a él, a mi madre y a mi hermano por el camino que lleva hacia la puerta del edificio. Llevo más fotos y libros que ropa porque, total, vestiré uniforme a diario, así que tampoco necesito mucha variedad, además de que nunca ha sido algo a lo que haya prestado demasiada atención. Mi amiga Rosa siempre me echa la bronca por lo mismo.

—¿Tienes todas las camisetas iguales o qué?

—Es que son las que me gustan, ¿por qué voy a llevar otras?

Rosa es la mejor amiga que he tenido nunca, aunque seamos muy diferentes. Sin embargo, desde que supo que iba a venir a Vistalegre se distanció y en verano apenas hemos hablado, así que ahora no creo que me eche mucho de menos.

Cuando mi familia y yo llegamos a la puerta del internado, nos recibe un grupo de chicos y chicas sentados tras unas mesas, con unas pegatinas de colores en la solapa que ponen: GOBERNANTE O GOBER-

NANTA. Nos colocamos al final de la fila de alumnos que esperan su turno para que los atiendan. Sobre las mesas, los gobernantes tienen un montón de papeles con listados en los que van tachando nombres a medida que llegan alumnos. El chico que espera justo delante de mí me sonríe antes de anunciar su nombre a uno de los gobernantes: **Adrián**, creo escuchar. Por lo menos los alumnos parecen majos, me digo. Cuando llega mi turno y digo mi nombre, una gobernanta con una coleta negra y larga muy tirante se presenta como **Lea**.

—**Soy tu gobernanta**, así que puedes preguntarme las dudas que tengas y contar conmigo para lo que sea. ¿De acuerdo? —Lea habla rápido y con un único tono, como si hubiera memorizado toda esa información y tuviera que soltarla lo antes posible porque le pesa demasiado.

—Vale, gracias.

—Esta es tu habitación y **las reglas del colegio** —dice mientras me tiende un sobre con cosas dentro que cojo enseguida.

—¿Tienes móvil?

—Sí.

—Dámelo.

Obedezco sin saber muy bien el motivo.

—**Aquí no hay cobertura, ni datos ni wifi; además, están prohibidos.**

Asiento confusa mientras veo cómo pega una etiqueta a mi teléfono y lo guarda con otros tantos en una caja.

—¿Y si tengo que llamar a mi familia o ellos tienen que comunicarse? —pregunto, algo preocupada por la medida.

—Con el teléfono del colegio. Tú podrás llamar **una vez cada dos semanas** y ellos cuando tengan algo urgente que comunicarte.

Miro a mis padres y ellos me miran menos entusiasmados que hace un momento en el coche. Con tanta restricción, esto empieza a parecerse más a una cárcel que a un colegio.

Lea debe de darse cuenta de nuestra consternación, porque enseguida nos explica con el mismo tono ametrallador de antes:

—Es por un tema de concentración. Hemos comprobado que es bueno para los alumnos crear esta distancia para centrarse en sus estudios y no recibir distracciones externas.

Mi padre asiente más convencido.

—Claro, lo entendemos. **Su internado, sus reglas** —dice acariciando la espalda de mi madre, que sigue con el ceño fruncido.

—Ahora ya puedes entrar, Julia —me indica Lea, al ver que la cola de alumnos a mi espalda crece por momentos—. Tenéis que despediros aquí, ¿de acuerdo?

Tu familia no puede entrar dentro, por un tema de control y seguridad.

—De... acuerdo —respondo, titubeante.

No esperaba tener que despedirme tan pronto de mis padres y de mi hermano, y de repente me entran **unas ganas terribles de llorar**. No me gusta nada lo que escucho; son normas estrictas y, aunque siempre me he llevado bien con las normas, estas me parecen totalmente fuera de lugar e injustificadas.

Me vuelvo hacia mi padre con los ojos enrojecidos y él deja mi maleta en el suelo para rodearme con sus brazos al tiempo que me dice en el oído:

—Todo esto es por tu bien. **Eres fuerte y lista**, y aquí aprenderás todo lo que necesitas para conseguir lo que te propongas.

Yo asiento al tiempo que escondo mi cabeza en su pecho un momento más para acabar de convencerme.

Sí, debo hacer frente a este enorme cambio y **disfrutar de la oportunidad que se me ha brindado**, no puedo hacer otra cosa. **Rechazarla es algo impensable.**

Cuando me separo de él, mi madre ocupa su lugar. Me llena la cara de besos y me la coge entre las manos para decirme mirándome a los ojos:

—Eres mi niña y te echaré de menos cada día. Cuídate mucho, por favor.

Asiento con las lágrimas recorriéndome ya las mejillas, imposibles de contener, antes de abrazar a mi hermano por última vez hasta dentro de no sé cuanto tiempo...

—La próxima vez que hablemos tendrás que hacerme un resumen de todos tus logros —le digo, señalando la consola que lleva en la mano, apagada ahora.

—Los memorizaré todos para que no me olvide ninguno —me responde antes de ofrecerme su dulce sonrisa.

Mientras mi familia se aleja de mí en dirección al coche, me quedo quieta en la puerta del castillo agarrada a mi maleta, incapaz de moverme. Me está costando muchísimo decir adiós y perderlos de vista durante tanto tiempo. **Ellos han sido todo mi mundo hasta hoy, y ya no están,** ni estarán a mi lado durante doscientos setenta días. Veo que no soy la única a la que le cuesta despedirse, el chico que antes estaba delante de mí, Adrián, está abrazando a su madre con todas sus fuerzas unos pasos más allá. Justo cuando mi familia se

está metiendo en el coche para regresar a casa, a **nuestra** casa, alguien se planta delante de mí tapándome totalmente la visión, la última de **ellos** que tendré en demasiado tiempo.

—¿Me dejas? —me pregunta una chica bastante seca que me dobla en altura y que tiene el pelo rojizo, rizado y revuelto. Va cargada con tres maletas, una mochila y un pequeño bolso que incluso yo sé distinguir que es de marca.

—Sí, perdona —me disculpo, retirándome de la puerta para dejarla pasar. Ella ni siquiera me da las gracias, pasa por mi lado con todo su equipaje resoplando y casi me atropella con él. Enseguida me doy cuenta de que allí no todos los alumnos serán como el chico de la fila, Adrián.

Cuando vuelvo a asomarme por la puerta en busca de mi familia, el coche de mis padres apenas se ve en la lejanía.

Recupero mi maleta y me adentro en ese colosal edificio con el ánimo un poco decaído. Un cartel indica hacia dónde están las habitaciones: en el ala izquierda, las de los chicos, y en la derecha, las de las chicas, distribuidas por números. Aunque este lugar es mixto, eso no es del todo cierto: **lo único que comparten los chicos y las chicas es el comedor, los jardines y otros espacios comunes** como la piscina climatizada o el hipódromo, pero las clases y las habitaciones están separa-

das, imagino que como una medida más para evitar distracciones.

De lejos distingo a la pelirroja de hace un momento junto con otras chicas que se abrazan y se ríen entre ellas. No será fácil hacerme con grupos que ya se conocen… Subo las escaleras hacia el ala de las chicas. Esto es tan inmenso que me llevará un rato encontrar mi habitación, pero lo más importante es… **¿encontraré mi lugar?**

A

Nuevo curso, nuevos sueños

Estas maletas pesan como un demonio. Todavía no sé cómo he conseguido arrastrarlas desde donde me las ha dejado Raúl, el chófer, hasta aquí. Porque, claro, lo de ayudarme estaba descartado. Aquí las cosas funcionan así: te lo haces todo tú solita. Vistalegre es el lugar ideal para hacerte mayor de golpe, con sus cosas buenas y sus cosas no tan buenas. Por eso **es muy fácil detectar quién es nuevo aquí:** se les ve en la cara que no saben dónde están, sobre todo si les han concedido una beca. Por ejemplo, apostaría a que la chica rubia que taponaba la entrada es una nueva becaria. Cada año pasa lo mismo, los becarios alargan la despedida como si sirviera de algo, como si cambiara el hecho de que su perfecta familia les ha dejado aquí tirados para pasar un año entero. **Ellos no saben cómo funciona este sitio,** pero los que llevamos aquí desde primero de primaria nos encargamos de enseñarles las

reglas. Como, por ejemplo, que no se bloquea la maldita puerta.

Ya casi estoy, sí, **esta es mi habitación, la 25**. Abro la puerta con la llave y enseguida me invade un intenso olor a naftalina. Empujo de una patada las dos pesadas maletas, que ruedan hasta la pared de enfrente. El dormitorio no es ninguna sorpresa, porque todos están amueblados igual, y con el mismo estilo aséptico. Dos camas individuales, dos estanterías, dos escritorios y dos armarios; da la sensación de que han cogido la estancia y la han doblado por la mitad, como un papel, porque ambos lados son idénticos. El baño está en el pasillo, claro, una de las bromas de este lugar. ¿A quién le gusta compartir el baño? Me fijo en que la única diferencia con la habitación que tuve el año pasado son las vistas, porque esta da un poco más al este, por donde sale el sol. Me quedo con la cama que está junto a la ventana, porque me gusta sentir los primeros rayos de sol cuando me despierto por la mañana. **Me pregunto quién me tocará de compañera.** No son Irene, ni Leyre o Norah, porque cuando me las he encontrado, hemos comprobado los números de habitación, y todos eran diferentes. Lanzo la mochila sobre el edredón gris rancio de todos los años y me dejo caer en la cama para recuperarme de la batalla con las maletas.

Otro año en el internado Vistalegre. No es que me disguste; la verdad es que estaba deseando que llegara

septiembre. En casa me aburro mucho, todo el día sola. Mis padres siempre están fuera y no tengo hermanos, así que tomar el sol en la piscina de agua salada todos los días empezaba a hacerse pesado. A pesar de ser blanca como las paredes, he conseguido incluso tostarme un poco y disimular las pecas que salpican mi cara.

Cuando me he levantado esta mañana, mis padres ya no estaban, para variar. Mi padre se había marchado de viaje a Ginebra por un negocio que tiene que cerrar y mi madre se había ido antes de que saliera el sol al gimnasio. Yo entiendo que son cosas que hay que hacer, que deben atender sus obligaciones, por así decirlo, de modo que hace tiempo que acepté no tener esos momentos de despedida o reencuentro con ellos. Por su parte, Lidia, el ama de llaves, me ha preparado las maletas, así que solo he tenido que revisar un poco el contenido, por si me dejaba algo y ya está.

Después de desayunar unas tostadas con la mantequilla puesta hasta en los bordes (gracias, Lidia, por conocerme tan bien), me he despedido de ella con un abrazo fuerte, porque al final es a quien más echaré de menos estos meses. Ella es quien me da los buenos días y las buenas noches a diario, quien sabe cómo me gustan las tostadas, quien ha dado con el acondicionador perfecto para los nudos de mi pelo rizado... **Pero también a ella tengo que decirle adiós** cada año cuando me subo al coche de cristales tintados para venir a Vistalegre. Raúl ha conducido con su habitual silencio mientras yo escuchaba Spotify a través de los cascos en mi móvil.

Oigo ruido en la puerta y, cuando me pongo de pie para ver qué compañera me ha tocado este año, me dan ganas de gritar... **¡¿Es una broma?!**

—**Hola** —saluda con una vocecilla la chica que no me dejaba entrar por la puerta del colegio hace un rato. Ahí está, con las manos agarradas a las asas de su mochila y los hombros encogidos. Me fijo en el anticuado bolso que lleva en bandolera. Me pregunto si el pelo rubio será natural, tan liso y brillante, aunque colocado con poca gracia detrás de las orejas.

—**Hola** —le respondo sin más.

—**Me llamo Julia** —dice dando un paso adelante, como intentando entablar conversación conmigo, pero yo la corto antes.

—Genial. **Yo, Alejandra.** Y esa es mi cama —le informo para no dejar lugar para la confusión.

—Vale. Por cierto, siento lo de antes —empieza a disculparse con voz titubeante—. Estaba..., bueno, me ha dado mucha pena despedirme de mi familia. Supongo que lo entenderás y eso...

—No mucho, la verdad, no soy de lágrima fácil, pero da lo mismo. Cada uno es como es y madura a su ritmo.

Julia asiente como asimilando lo que le estoy diciendo, pero no añade nada, y eso me sorprende, porque estoy más habituada a las incisivas réplicas de mi familia y mis amigas de siempre. Pero ella no, ella coge su maleta y la arrastra en silencio hacia la cama que yo le he adjudicado. Se sienta en ella, mira la habitación, como si fuera **un mundo por descubrir**, cuando a mí me

da la sensación de que cabe en una caja de zapatos, y cuando se da cuenta de que tiene el armario al lado, se dispone a colocar sus cosas dentro. Yo, por el contrario, decido dejarlo para más tarde. Pensar en estar aquí metida más tiempo con este muermo me provoca urticaria.

—Bueno, yo me piro —anuncio y cojo mi bolso antes de salir por la puerta dando **un portazo**. Me parece escuchar a través de la hoja de madera un adiós muy tenue.

Irene está unos números más adelante, así que enseguida me planto delante de su habitación y llamo a la puerta al tiempo que anuncio quién soy. Si no la conociera como la conozco, entraría sin avisar, pero su mala leche podría tumbar a cualquiera y no quiero sorprenderla y ser presa de ella. Conozco a Irene desde el primer día de primaria, nos sentaron juntas y enseguida hicimos buenas migas cuando comprobamos que **las dos estamos un poco locas**, en el buen sentido, ya que, como el mundo nos parece aburrido, causar el caos de vez en cuando nos provoca risas de las buenas, de las que unen, y por eso Irene y yo somos inseparables. También tiene un lado un poco radical, porque **es una de esas personas de extremos que o te adora o te odia**, y no hace falta decir que, en su caso, es mucho más conveniente estar en el lado adecuado, aunque es muy fácil pasar de uno a otro. Pero es que en mi caso estar en el lado equivocado es impensable, porque **ella es mi mejor amiga**. Y solo yo sé cuánto la he echado de menos este verano. Vivimos a bastante distancia la una de la otra y, con su apretada agenda, solo pudimos ponernos de acuerdo un fin de semana para ir a la playa.

—¡Pasa, petarda! —grita al cabo de unos segundos.

Al entrar, me la encuentro a punto de abrir su maleta para ir colocando sus cosas en el armario. Su compañera todavía no ha llegado. Espero que tenga más suerte que yo...

—Me pillas en plena tarea. **¿Me ayudas?**

Me fijo en que Irene saca de su equipaje **una cajita cerrada con candado dorado** y la coloca en un cajón del armario, escondida entre la ropa interior. Me siento en su cama y, al mirar dentro de la maleta, veo que hay varias de esas.

—Vienes bien surtida —le comento en broma señalando las cajas cerradas herméticamente.

—Esto nos dará para unos días, no te creas. A ver si vamos pronto al pueblo y hacemos «nuestros recados» —dice entrecomillando las palabras y guiñándome el ojo.

Aunque estemos solas y nadie pueda oírnos, **preferimos hablar en clave de los temas que podrían meternos en un buen lío**. Y es que Irene y yo, siempre en busca de **diversión en este aburrido internado**, a veces nos sali-

mos un poco del «buen camino», aunque sea solo para crear un camino mejor, un camino a nuestra manera. Sin embargo, Carlota, la directora del internado y el ser más autoritario sobre la faz de la tierra, no está muy de acuerdo.

—Menudo vestido, chica —le digo a Irene mientras saco de su maleta un vestido espectacular de seda que deja la espalda completamente al aire.

—¿Te gusta?

—Pues sí, claro, es una pasada... —respondo colocándomelo delante. La falda me queda demasiado corta, consecuencia de tener unas piernas tres veces más largas que la mayoría de las chicas de mi edad.

—Podrías ponértelo de camiseta —dice, burlona, mientras sigue guardando las cajas con candado entre su ropa, para que queden camufladas.

—**¿Es para la gala de Navidad?**

—O para cuando se tercie. Siempre es buen momento para un Dior, porque de aquí a Navidad seguramente ya me haya cansado de él y me compre otro. Y es que este año tengo que estar impresionante cada día, Álex, porque algo me dice que al fin **Adrián y yo daremos el siguiente paso**. ¿Le has visto antes en la puerta?

—Sí, le saludé después de registrarme. Estaba al final de la fila —digo colocando el Dior en una percha de su armario.

—Yo he intercambiado unas pocas palabras con él cuando se ha despedido de su familia. **—Me guiña un ojo.**

—¿Le has consolado? —le pregunto entre risas.

—Sí, ya sabes, se ha puesto fatal... No entiendo cómo hay alumnos que echan de menos a su familia, con lo bien que se está sin ella. Sin oír eso de: «Dime adónde vas y cuándo vas a llegar», ni «Dile a tu hermana que deje de molestar al perro».

—Totalmente de acuerdo —digo medio distraída, pensando en **mis propios intercambios familiares, casi inexistentes**, y que nada tienen que ver con los que describe Irene.

Los pocos días que coincido con mi madre, me da órdenes sin preguntar siquiera, siempre: «Ponte este vestido para la fiesta que han organizado los Sánchez-Gutiérrez», o «Álex, te lo ruego, córtate un poco las puntas de ese pelo o acabarán confundiéndote con una bruja». No conozco otro tipo de relación, así que no espero otra cosa de ella. Con mi padre es más sencillo, porque cuando me habla casi siempre tiene el noventa y cinco por ciento de su atención puesta en un ordenador o en un teléfono, de modo que lo único que hace es lanzar preguntas al aire del estilo de «¿El día, bien?», y creo que **no llega ni a oír mi respuesta**, porque, diga lo que diga, su siguiente intervención suele ser «Perfecto, como debe ser». De pronto, me vienen a la cabeza las palabras de Julia sobre echar de menos a su familia, y por enésima vez pienso cómo debe de ser tener una familia a la que añorar.

—**Este año será lo más** —suelta Irene devolviéndome al aquí y ahora, a lo que de verdad importa—. Al fin la ESO, esto es otro nivel. Vistalegre, ¡prepárate! ¡¡¡Este es el año en que vamos a cumplir todos nuestros sueños!!! —Levanta la mano en el aire para que yo la choque con la mía y las dos nos partimos de la risa, porque es verdad, porque eso es mejor que llorar o preocuparse por lo que podría ser de otra manera.

Reír, y soñar, por encima de todo y de todos, eso es lo único que quiero.

J
Bienvenida al internado

El auditorio es enorme y mientras veo cómo se va llenando rápidamente me doy cuenta de la cantidad de estudiantes que forman parte de este colegio. **Enseguida distingo a Alejandra entre la gente**, y veo que ella y un grupo de chicas ya se han adueñado de los asientos de la última fila. Bueno, ellas y sus bolsos. Como no me dé prisa me quedo sin butaca.

—**¿Quieres sentarte aquí?** —pregunta alguien a mi espalda.

Al darme la vuelta me encuentro con el chico que me saludó en la entrada. **¿Adrián?**

—Gracias —contesto, y me siento a su lado.

—**Me llamo Adrián** —dice ofreciéndome la mano mientras yo asiento como si no supiese su nombre, y sigo escuchando—. Y ellos son Matías y Sergio.

—**Hola, yo soy Julia** —les digo, saludándolos a to-

dos, aunque Matías y Sergio siguen hablando entre ellos—. ¡Esto está a tope!

—Sí, parece que regalen algo —se ríe Adrián.

Me fijo en sus ojos verde botella y me quedo embobada. Nunca había visto ese color de ojos.

—**Eres nueva, ¿verdad?** Te he visto antes, cuando hemos llegado todos.

—Sí, es mi primer día aquí —asiento—. Es todo un poco raro...

—**Dentro de nada será como tu casa**, ya verás.

Una voz pidiendo silencio a través de los altavoces nos interrumpe y callamos para mirar al frente y escuchar. Dirijo la mirada al escenario y veo la figura esbelta de una mujer vestida de oscuro, con mucho estilo. Lleva una melena rubia perfectamente recortada y cuadrada como la forma de su cara.

—**Bienvenidos un año más al internado Vistalegre.** Como ya sabéis la mayoría, me llamo Carlota y soy la directora del centro.

Es la primera vez que la veo en persona, aunque sí que sabía de su existencia. Mis padres se reunieron con ella para la beca y ya me advirtieron de que imponía, pero no me imaginaba que tanto.

—Es bastante... **estricta** —me suelta Adrián al oído, y le miro con el ceño fruncido esperando una explicación que llega enseguida entre susurros—. El año pasado me hizo dormir varios días en los establos por tener la habitación desordenada. Me dijo que así olía mi desorden y que no me importaría convivir con él de verdad unos días.

—**¡¿Qué dices?!** —se me escapa más alto de lo normal, y al instante me arrepiento.

Me tapo la boca con las manos por puro instinto y miro a mi alrededor para ver si alguien se ha dado cuenta de mi pequeño grito, y entonces me cruzo con unos ojos que si pudieran echar chispas y humo, los echarían. Se trata de una de las amigas de Alejandra, una con el pelo negro muy brillante y liso, largo hasta la cintura. No sé por qué le he molestado tanto, pero me disculpo susurrando **«perdón»** en silencio y apartando la mirada para devolverla a la directora, que sigue con su discurso, ausente a mi pequeño estruendo.

—**Estudiar en este centro que pone el mundo entero a vuestro alcance es un privilegio:** de aquí han salido algunas de las mentes más brillantes de nuestro país. Así que debéis respetar este lugar si queréis que se os respete a vosotros. Para los que sois nuevos, a pesar de que todos tenéis la normativa impresa, os recordaré algunas reglas fundamentales. En primer lugar, **los móviles están totalmente prohibidos**.

Al momento, resuena entre el auditorio un murmullo. Parece que nadie está muy de acuerdo con esta

parte del discurso que hasta ahora todos escuchaban en absoluto silencio. Carlota levanta la mano para poner orden, y enseguida se la obedece: no necesita ni chistar ni regañar a nadie para conseguirlo. **Increíble.**

—Aunque os parezca excesiva, esta medida es fundamental para asegurar el rendimiento en vuestros estudios. **Nada de distracciones inútiles, nada de mensajitos tontos o llamadas inoportunas.** Aquí habéis venido con un único objetivo: ser los mejores, y eso es incompatible con usar teléfonos móviles. Por ese motivo no hay ni siquiera cobertura, así que ni intentéis esconder uno de esos aparatos infernales, porque de poco os servirá.

Todos escuchamos atentos mientras Carlota sigue enumerando normas: **prohibidas las chucherías,** patatas fritas y demás comidas grasas; **prohibido todo tipo de maquillaje;** prohibidas las rastas o las cabezas rapadas; **prohibido llevar el uniforme sucio;** prohibidos los tatuajes, los sombreros, los anillos y los pendientes grandes...; es decir, **prohibido todo lo que nos haga tener un poco de personalidad.** ¿Dónde me he metido?

—Se nos acaba el tiempo, ahora tendréis que ir al comedor a cenar, pero antes quería recordaros que, cuando acabe este primer trimestre, el último día antes de las vacaciones de Navidad, celebraremos nuestra **gran gala benéfica, que,** como sabéis, celebramos desde que este centro abrió sus puertas hace casi dos siglos de la mano de mi tatarabuelo. Como es tradi-

ción, el día de la gala habrá la competición de equitación y el muy esperado **baile por parejas**. Y, como cada año, todos los alumnos debéis encargaros de recaudar fondos vendiendo las entradas del evento a familiares y amigos, y si se os ocurren otras maneras que estén permitidas, claro, y a vuestro alcance, serán bienvenidas. Ya sabéis: vender galletas, pulseras o lo que se os ocurra. El dinero recaudado se entregará el mismo día de la gala a una organización benéfica.

Ya había oído hablar de esa gala; cada año aparece en todos los periódicos por hacer grandes donaciones a entidades sin ánimo de lucro, donaciones con muchos ceros... Pero desconocía la parte del baile por parejas y de la competición de equitación. ¿Será obligatoria? ¿Habré aprendido a montar a caballo en estos meses? Y lo más importante: **¿habré encontrado mi lugar en Vistalegre para entonces?**

Estoy tan ausente pensando en mis cosas que no me doy cuenta de que Adrián se pone de pie a mi lado y está esperando a que yo haga lo mismo para acceder al pasillo que lleva a la salida del auditorio.

—**¿Estás bien?** —pregunta, tocándome el hombro para llamar mi atención.

Vuelvo a mí con tanta prisa que al levantarme y comenzar a andar, **me tropiezo con la butaca de mi derecha**, que aún estaba desplegada. Oigo unas risas muy cerca de mí y al levantar la mirada me encuentro otra vez con esos ojos llenos de odio, pero ahora no están solos, Alejandra también me está mirando, y ella y la otra chica están riéndose abiertamente de mi torpeza.

—Perdón —me disculpo con Adrián, y noto las mejillas incendiadas de calor.

—No te preocupes, **a esas no les hagas ni caso, son así con todo el mundo** —dice, señalando al grupo de las chicas que se reían, que ahora levantan la mano y lo saludan como si nada, acercándose a él y comenzando a hablar con sus amigos.

En cuanto encuentro un hueco entre la gente que no deja de fluir delante de mí, doy un paso y me uno al río espeso. Noto a Adrián justo detrás haciendo bromas con sus amigos y también con el grupo de chicas, como si hiciese años que se conocen, lo cual probablemente sea cierto. Al salir del auditorio, miro a un lado y a otro para buscar el comedor, pero este lugar me parece un laberinto y no tengo ni idea de hacia dónde tengo que tirar.

—**¡Eh, Julia!** —oigo que alguien me llama, y al volverme veo a Adrián con el brazo levantado haciéndome señas.

Me abro paso entre la gente para llegar hasta él y sus amigos. Por suerte, veo que ya no está con Alejandra y sus amigas, quienes seguro que están **listas para reírse de alguien más**.

—El comedor es por aquí, ven. —Me guía y se abre paso delante de mí con sus anchas espaldas para que pueda caminar tras él entre todas estas personas que se dirigen al mismo lugar.

Hay tantos alumnos que, parapetada tras Adrián, no puedo ver ni por dónde voy, ni cuántos giros hacemos, pero al final llegamos a una sala inmensa con grandes ventanales que da al jardín y está llena de mesas, lo que me sugiere que acabamos de llegar al comedor. A un lado está la barra por la que hay que pasar con las bandejas para recoger la comida que van sirviendo. Y aquí huele a comida de verdad, no como en el comedor de mi viejo colegio.

—**¿Te sientas con nosotros?** Te veo un poco perdida... —me dice Adrián sin maldad y yo sonrío agradecida.

—Si te soy sincera, ¡¡¡no sé ni cómo hemos llegado hasta aquí!!! **Los móviles están prohibidos, pero ¿alguien tiene un GPS?**

Todos se ríen de mi broma y por primera vez me siento cómoda y acogida en este lugar: mi nuevo hogar.

A

Mi lugar favorito en el mundo

—Tierra llamando a Irene —suelto, y ella me mira apretando la boca.

—Uf, es que no puedo... **¡Míralos!** ¿Por qué está tu compañera de habitación sentada con mi chico? —pregunta Irene sacudiendo su melena negra.

—No lo sé, tía. Adrián es amable y seguramente le habrá dado pena —contesto.

—Pena, sí, eso es lo que da. Mira qué pintas tiene, con esa ropa de hace mil temporadas... Como se atreva a tocarle un pelo a Adri...

—**Es una becaria, no es ninguna amenaza** —intenta alentarla Leyre, pero Irene no hace más que resoplar y volver a mirar a la zona del comedor en la que Adrián y sus amigos cenan animadamente con Julia el maravilloso menú bío de bienvenida que nos han preparado: crema de puerros y remolacha y estofado de pavo al curry.

—Además, Adrián es más listo que eso, Irene. **Le gustas tú, fijo** —le digo para que se relaje, pero no hay manera. Está que echa humo.

Desde que ha visto a Julia sentarse al lado de Adrián en el auditorio no ha parado de mirarlos y de echarle mal de ojo telepáticamente a la nueva. Ya no sé qué inventarme para que los ignore y disfrute de nuestro reencuentro. Después de tantos días sin vernos, **¡hay mil cosas sobre las que ponernos al día!**

Leyre empieza a hablarnos de un chico que ha conocido este verano en el barco de un amigo de su padre, pero Irene está totalmente *out* y creo que a Leyre no le sienta demasiado bien que la ignore, porque empieza a apretar los dientes, que es lo que hace cuando se enfada. Es muy espigada, tiene el cuello fino y largo, y la cara muy alargada, así que ese gesto de rabia se le nota más de lo normal. A su lado, la escucha con mucha atención **Norah**, que tiene aspecto de muñeca, con las mejillas rosadas y rellenas y el pelo con bucles cortos y blancos, como los de su madre británica. De su padre andaluz ha heredado esa gracia que ella tiene, con la que le hace preguntas a Leyre sobre su amor de verano: puntuación del chico, si volverá a verlo, si también tiene barco o solo era un invitado... Pero Irene ahí sigue, a lo suyo, sin decir nada. Cuando veo que el tema de Leyre se va agotando, decido intervenir y voy a por todas.

—**Hablando de la gala** —digo de repente, buscando llamar la atención de mi amiga como sea. Leyre y Norah me miran extrañadas por el cambio de conversación y les explico mediante gestos que hay que distraer a Irene como sea, porque, si no, el mundo tal como lo conocemos podría explosionar.

—Nadie ha hablado de la gala, solo tú... —me responde Irene, todavía enfurruñada, dando vueltas a la crema de verduras con la cuchara, lo que me indica que un poco sí que nos escuchaba.

—Pues sí, ahora hablo yo, y vosotras me escucháis, ¿no es eso lo que hacen las amigas normalmente? ¿O es que este verano se te han olvidado los modales?

Irene entorna los ojos y me mira poco convencida, pero al menos deja de concentrarse en la nueva y en su amor platónico por un momento, y ahora que tengo su atención, decido aprovechar para retenerla.

—**Este año la recaudación debe estar a la altura**, ya habéis oído a nuestra directora...

—Sí, yo invitaré a los amigos de los amigos de los amigos de mis amigos, y ya cubriré el noventa por ciento. **Acabará viniendo medio Senado** —dice Irene un poco más centrada, y es que sus padres trabajan en política y se codean con el presidente y todos los grupos parlamentarios.

—Deberían darte un porcentaje de la recaudación —sugiero guiñándole un ojo. Me alegro de haber con-

seguido que vuelva con nosotras. Desde antes de verano, **Adrián es como una obsesión para ella**.

—Si no me lo dan, me lo cobro y punto —suelta Irene, y cuando la miramos sorprendidas, echa la cabeza para atrás y se ríe como para quitarle importancia a sus palabras al tiempo que se mete con nosotras—. Pero qué inocentes sois, por favor, os lo creéis todo...

—**¿Ya tenéis vestido?** —pregunta Norah, ignorando la puya que acaba de echarnos nuestra amiga.

—Irene tiene uno espectacular —contesto, refiriéndome al Dior que he visto en su maleta hace un rato.

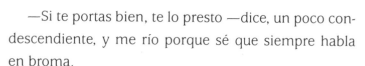

—Si te portas bien, te lo presto —dice, un poco condescendiente, y me río porque sé que siempre habla en broma.

—Pues yo no tengo ninguno. Me los he puesto todos demasiadas veces y necesito vestuario nuevo. Estoy deseando que hagamos una escapadita al pueblo y comprarme varios para poder elegir —suelta Leyre, animada.

—¡Sí, yo también! Visitaremos **la tienda esa que tanto nos gusta, la que está en la calle peatonal del centro, la de Allison McPearson, con esos modelos tan exclusivos de la diseñadora** —informa Norah con los ojos azules chispeantes de ilusión.

—¡Me apunto! Dejaré la tarjeta echando humo —aseguro, y nos reímos todas.

—Yo también quiero ir a **hacer unas compras**, pero de otro tipo —dice Irene, y nos miramos cómplices.

—**¿Ya tenemos pedidos?** —pregunta Leyre sorprendida, y abre mucho los ojos redondos y castaños.

—Pues sí. Mientras llevaba la maleta a la habitación **varias chicas me han encargado maquillaje y un poco de comida basura**, así que creo que el surtido que he traído no durará mucho...

Doy palmadas emocionada. Esta es una de esas cosas que podrían meternos en un lío a las chicas y a mí si alguna vez salieran a la luz, pero bastante nos preocupamos de que no sea así. Podría considerarse un simple negocio, aunque para mí es mucho más: **la So-**

ciedad del Candado Dorado es nuestro secreto guardado bajo llave (literalmente), y es una burla a este sistema educativo, lo que me parece lo bastante divertido como para correr el riesgo.

—Perfecto. Habrá que empezar una nueva libreta para **llevar todos los pedidos al día**, así seguro que no nos dejamos nada.

—No queremos clientes insatisfechos.

—Eso es. Un cliente satisfecho es un cliente fiel —concluye Irene.

Todas chocamos las palmas, contentas del proyecto que tenemos entre manos y que, año tras año, nos da vidilla en este aburrido lugar.

—¿Vamos? —pregunta Irene poniéndose de pie cuando hemos terminado de comer.

Leyre se mete la última cucharada de yogur en la boca y entonces todas nos levantamos para seguirla. Cuando atravesamos el pasillo lleno de mesas a ambos lados para llevar las bandejas con los platos sucios al carro donde tenemos que dejarlas, oigo un grito a mi lado. Al mirar, veo a **Julia de pie con la cabeza llena de zumo de naranja**. A su lado, Irene está dejando un vaso vacío sobre la bandeja de una chica que nos mira a todos con espanto y en silencio.

—¡Ay, perdona! **He tropezado...** —suelta entonces Irene sin poder aguantarse la risa.

—Pero **¿a ti qué te pasa?** —pregunta Julia abriendo los brazos, con la cara congestionada por la ira y la vergüenza.

—¿A mí? Nada, ha sido sin querer. Ya te he pedido perdón, si no tienes suficiente, **te aguantas** —responde Irene, reiniciando el paso para darle la espalda a Julia y a Adrián, que observa la escena con los ojos como platos, en silencio. Sergio y Matías susurran entre ellos.

Parece que, a pesar de cambiar de conversación, Irene no se había olvidado de ellos. No digo nada, porque no sé qué decir. Parece que, a pesar de cambiar de conversación, Irene no se había olvidado de ellos. Y aunque intenta disimular, es evidente que ha cogido el vaso de zumo de esa chica y se lo ha tirado a Julia a propósito. Aunque ella y Adrián solo hayan hablado, ya es suficiente: **él es el chico que la obsesiona desde hace meses**, en concreto desde que su madre le dijo que si quería tener un futuro en política debía empezar a buscar a alguien que estuviera a su altura y ella se empecinó en que ese alguien tenía que ser Adrián.

Irene es así, y **cuando quiere algo, no para hasta que lo consigue**. Si alguna cosa le ronda por la cabeza, acaba haciéndola, sea como sea. En este caso, ha querido humillar a Julia delante de Adrián probablemente para que él se dé cuenta de que la chica no vale un duro, al contrario que ella. ¿Está bien lo que ha hecho? No, supongo que no. Pero Irene es mi amiga y Julia no es nada, aparte de mi compañera de habitación, que es igual a nada... Así que, si Irene ha sentido la necesidad de fastidiar a Julia, es cosa suya.

La sigo hacia la salida tras despedirme desde lejos de Adrián y los demás, y cuando salimos del comedor, nos reímos las cuatro con todas las ganas, porque al fin **Irene está feliz y contenta, y eso siempre es lo mejor.**

Después de pasar un rato en los jardines charlando y recordando la situación, nos despedimos y yo me acerco a **los establos, mi lugar favorito en el mundo.** Están un poco alejados del castillo, más metidos en el bosque, la guarida perfecta; después de caminar unos minutos entre las verdes praderas, diviso la caseta de madera en la distancia. El chico que cuida a los caballos, sentado en una silla en la puerta bajo el haz de una bombilla titilante, me saluda un poco incómodo al verme llegar. Trata de disimularlo, pero me resulta evidente.

—**¿Qué tal, Álex?** ¿Has pasado buen verano? —me pregunta con voz ronca.

—Sí, gracias, Toni. ¿Y tú?

—Bien también. Aunque echaba de menos a mis chicos —contesta señalando a los caballos que están en los establos.

—Ya somos dos...

—¿Quieres ver a **Tristán**? Pasa a saludarlo si quieres...

—¿Puedo llevármelo a dar una vuelta?

—Prefiero que no, la última vez me metí en un lío por dejarte salir con él. Lo siento, Álex.

Desde luego, no le falta razón. Casi lo echan por mi culpa, pues me fui a dar una vuelta con Tristán un día de lluvia y tardamos demasiado en regresar. Nuestra «amable» directora pasó lista por sorpresa antes de que yo volviera y, cuando se enteró de por qué no estaba, le prohibió a Toni volver a dejarme montar sin vigilancia. Aun así, **necesito estar a solas con Tristán**, e intento convencerle, claro.

—Por favor, Toni, prometo estar solo quince minutos, ni uno más...

—No, Álex, lo siento, de verdad.

—¡Pero mira quién está aquí! Ya me extrañaba a mí no verte por estos lares...

La voz de la profesora de Matemáticas, **María**, me sorprende a mi espalda. Cuando me doy la vuelta, veo que viene hacia mí con su estilo peculiar para darme un abrazo de bienvenida. Viste de una forma muy distinta a los demás profesores, con colores oscuros y un aspecto incluso moderno. Lleva el flequillo corto y las cejas gruesas, y sus inmensos ojos lo miran todo con curiosidad. Es la profesora más buena del mundo. Y, como siempre, a sus pies revolotea Pancho, el perrito que la acompaña a todas partes, menos a las clases, pero es porque no la dejan, que si no... Es una ricura. Lo acaricio con ganas cuando viene a lamerme las manos.

—Sí, hasta ahora no he podido escaparme, pero creo que Toni no me dejará hacer una salida hoy...

—¿No? **¿Por qué?**

—Bueno, ya sabe... —le recuerdo mi cagada sin dejar de acariciar el pelo que sobresale del cuello de Pancho.

—Ah, claro, sí... Aquello que casi le deja sin trabajo...

Toni nos mira asintiendo, con cara de susto. Es un chico joven y delgado, y no parece demasiado fuerte, ni físicamente, ni de personalidad.

—Sin embargo, yo estoy hoy aquí. Y si Álex necesita vigilancia, yo puedo dársela, ¿verdad? —propone María mirando a Toni con su sonrisa bondadosa.

—¿Sí? —pregunta él.

—¿Sí? —pregunto yo, mirándolos a ambos.

María asiente convencida, y Toni se encoge de hombros sin saber qué decir.

—**Gracias, María.** Vuelvo enseguida, se lo prometo.

—¡Eso espero! —exclama la mujer, y yo le doy un beso en la mejilla antes de coger todos los trastos que necesito para montar a Tristán: silla inglesa, bridas... No entiendo cómo María puede ser tan buena conmigo, con lo mal que se me da su asignatura...

Al abrir la puerta del box de Tristán, **me reconoce enseguida y levanta la cabeza negra con una sonrisa**, o al menos eso me parece a mí. Sus ojos castaños son tan sinceros, tan leales... Le abrazo el cuello y le acaricio la crin suave y larga. **¡Cómo lo echaba de menos!** No me siento tan bien con nadie como con él, tanto dentro como fuera del colegio.

En un momento pongo la silla y monto en mi adorado caballo, preparada para mi paseo de bienvenida. El sol ha empezado a esconderse tras las montañas y el cielo se ha teñido de violeta. Esto es, ahora mismo, **el paraíso.** No he cogido chaqueta y a estas horas hace un poco de brisa, pero no me molesta. Me despido de María y de Toni y me alejo hacia el bosque: primero al paso, después al trote y al final al galope: **la velocidad me sienta bien, el aire me limpia la mente y la cara, y sonrío de pura felicidad.** Cuando ya estamos nosotros solos, le pido a Tristán que vaya al trote, tranquilo, para disfrutar de estos minutos juntos. El ritmo del caballo y el mío se acompasan, se hacen uno y sobran las palabras, con él no hacen falta. Recuerdo la primera vez que me monté en él hace ya seis años... Fue todo un descubrimiento, porque se me dio bien desde el principio, algo que a mi padre le entusiasmó. Y, desde entonces, eso parece ser **lo único que me une a él: los caballos, nuestra pasión.** Por eso, aunque no haya sabido casi nada de él durante meses, cada año viene a verme al torneo de equitación que hacemos en la gala de Navidad y celebramos mis victorias juntos. No hay nada como ver su cara de orgullo cuando recojo mi medalla.

—Tristán, prepárate: **¡comienza la cuenta atrás para el torneo!**

J
Hora de actuar

No tengo champú, olvidé meterlo en el neceser, y he dormido peor que nunca, supongo que una cosa es consecuencia de la otra, aunque no sea directa. En cualquier otra ocasión no me importaría demasiado, pero hoy no es cualquier ocasión: hoy **tengo el pelo pegajoso y todavía me huele a naranja**.

Anoche me escondí en mi habitación en cuanto Irene me tiró el zumo de naranja en la cabeza. Por mucho que se disculpara, **sé que lo hizo a propósito**, como sé que a sus amiguitas, incluida mi compañera de habitación, les hizo un montón de gracia, porque oí sus carcajadas a lo lejos, cuando creían que nadie podía verlas. Falsas...

No sé cuándo podré ir a comprar el dichoso champú, pero lo que sí sé es que a Alejandra no pienso pedirle ni eso, ni la hora. Al principio, cuando estaba aquí sola y me duché después de tragarme la larga cola de las duchas compartidas sin mejorar mucho el resultado, me lo planteé, por la urgencia, y porque tiene un neceser que parece una maleta más, con mil potingues para el pelo, la cara y el cuerpo, pero cuando volvió a la habitación y me dijo lo que me dijo al preguntarle a qué venía lo ocurrido..., decidí empezar a acostumbrarme a hacer como que no existiera.

—Tienes que tener **mucho cuidado con lo que haces**, becaria. Aquí no estás sola, y tus decisiones marcarán tu futuro —dijo con una ojeriza fuera de lugar.

—¿Por qué me dices eso? —pregunté totalmente confundida.

—Porque parece que **quieres ser la protagonista de un cuento de hadas y has elegido mal a tu príncipe azul.**

Fruncí el ceño todavía sin comprender. ¿Príncipe azul...? Me tomé unos segundos para atar cabos y me di cuenta de que se refería a Adrián.

—**¿Todo esto es por Adrián?** —dije cuando alcancé mi escurridiza conclusión.

—**Pues sí.** Adrián es para Irene, no para ti. Así que es mejor que te alejes de él. A no ser que la próxima vez quieras tener un menú completo sobre tu cabeza...

Me quedé sin saber qué decir. ¿Acaso esas chicas tenían tres años?

—Hazme caso —insistió, tocándome las narices ya.

—¡Pero si solo he hablado con él! Es la única persona que ha sido amable conmigo en este sitio.

—Qué lástima —respondió inclinando la cabeza para dar por finalizada la conversación. Apagó la luz de su mesilla y se acostó en la cama dándome la espalda. En ese momento no solo decidí no pedirle el champú, sino también **no volver a dirigirle la palabra**.

Tenía ganas de hablar con mi padre, me moría por contarle lo sucedido y que él me diera algún consejo útil para manejar la situación, pero no tenía móvil... No podía escribirle siquiera un mísero wasap. ¿Qué me diría él?

Me dormí con el pelo todavía lleno de restos de pulpa de naranja o, mejor dicho, intenté dormir, porque la verdad es que me he pasado la noche despertándome desorientada cada dos por tres, sin saber si lo vivido solo había sido **una pesadilla** o si realmente me había mudado a este centro del infierno. No está mal para una primera noche fuera de casa.

En algún momento empieza a salir el sol, y aprovecho para levantarme y tratar de arreglar un poco el estropicio. Como es temprano, las duchas están vacías y no tengo que esperar mi turno. Tras media hora debajo del agua con un peine de púa ancha atravesando todos los mechones de mi pelo, al fin consigo quitarme todos los restos del zumo, pero sin champú tengo la melena que parece un estropajo, así que decido recogérmela en un moño alto. De vuelta en el cuarto, con mi compañera todavía dormida, me visto con la

camisa blanca del uniforme impoluta gracias a la plancha de mi madre, y la falda de tablas. Me miro en el espejo de pie y, al verme vestida con el uniforme que tantas veces soñé llevar, me doy cuenta: **este es mi sueño, esto es Vistalegre, y no voy a dejar que ningún estúpido zumo de naranja me arrebate mis ilusiones**.

Estoy acabando de prepararme cuando veo que Alejandra se sienta en la cama ya despierta. Fiel a mi decisión, actúo como si estuviera sola y ni siquiera me despido cuando cojo mi mochila con los libros que necesitaré para las clases de hoy y salgo de la habitación evitando dar un portazo. Ante todo, modales, como dice mi padre siempre.

Matemáticas. Es mi asignatura estrella. Por eso he venido a estudiar aquí porque quiero entrar dentro de un programa fabuloso y para eso tengo que demostrar mi interés y mi valía desde ya. Así que desayuno algo ligero (evito el zumo de naranja porque me trae malos recuerdos y lo sustituyo por una infusión) cuando el comedor todavía está casi vacío (¡qué gusto!), y doy una vuelta por los jardines yo sola, hasta que llega la hora de entrar en la clase.

Me siento en la primera fila para no perderme nada y me encuentro que en la mesa hay **un portátil**. La clase es toda blanca, con las sillas y las mesas de madera de pino, y al frente hay **una pantalla**, además de una pizarra, **nunca había visto una clase tan bien equipada**.

Llevo un rato ojeando el libro de este año cuando aparecen por la puerta las chicas malas de este sitio: **Alejandra, Irene y otras dos que no sé cómo se llaman**, pero que siempre van con ellas. Al verme, se ríen y cuchichean, pero me obligo a ignorarlas centrándome en el libro que tengo entre las manos. Aun así, oigo a mi espalda cosas que no me gustan nada:

—Ahí está la becaria.

Como si no tuviera nombre.

—No sabe dónde se ha metido —dice otra, que no sé quién es porque no me doy la vuelta para mirar.

—Se nota que este no es su sitio, cada año pasa igual con las becarias. ¿Viste el bolso que llevaba ayer? Seguramente se lo encontró en un contenedor, lo limpió un poco y listos...

—Por mucho que la mona se vista de seda...

Aprieto la boca para contenerme, cojo aire y lo suelto en profusión. Mi bolso, ese bolso es oro puro para mí, por mucho que esté hecho de cuero. Cuando se meten con él, siento que se meten con mi padre, con mi familia, con mi hogar... Y por ahí sí que no paso. Me doy la vuelta porque no aguanto más y las miro a todas.

—¿Tienes algo que decirnos, becaria? —pregunta Irene, levantando la barbilla.

—Solo otro dicho, como veo que os gustan...

—¿Cuál?

—Quien siembra tormentas cosecha tempestades...

Cuando se me quedan mirando con el ceño frunci-do, me doy por satisfecha.

—Buenos días, chicas. —Justo cuando Irene va a abrir la boca para añadir algo más que no llega a pronunciar, nos interrumpe una mujer que entra en clase en ese momento. Lleva un pantalón negro como de motorista y una camisa del mismo color. Su estilo es diferente al de las demás personas adultas que se pasean por aquí, o al menos eso me parece.

—Tomad asiento, que tengo que presentaros a alguien.

Me encojo en mi sitio porque no me gusta nada esta parte, y creo que la profesora debe de notarlo. Sí, se refiere a mí.

—Cielo, si no te apetece levantarte, no es necesario que lo hagas. Solo diré tu nombre, y si quieres añadir algo, tú misma.

Asiento y me quedo en el sitio.

—Mejor así, ya la tenemos todas muy vista —suelta Irene a mi espalda, y yo sigo sin moverme.

—Chisss, venga, chicas, apoyo a las nuevas, que nunca es fácil estar en esa situación.

—Para algunos más que para otros —interviene Alejandra, creo, porque sigo sin mirarlas.

—Vamos, Álex, pórtate como tú sabes.

El comentario me sorprende, igual que el hecho de

que no obtenga réplica. Y, así, la mujer continúa con su explicación:

—Julia, ¿verdad? —Ahora me mira a mí y yo asiento.

—**Yo soy María, la profesora de Matemáticas, como ya habrás imaginado.** Encantada.

—Igualmente.

—He leído en tu expediente que esta asignatura te interesa de manera especial, ¿es así?

—Sí, es la que más me gusta.

—Pues sí que tiene mal gusto. —Otra vez es Irene, creo.

Bajo la vista a mis manos y resoplo con fuerza.

—**Ni caso**, a ella no le gustan las matemáticas porque no ha intentado conocerlas. Tú te lo pierdes, Irene —dice la profesora mirándola, y oigo que la chica contesta con fastidio:

—Pfff, ya ves.

Las demás chicas de la clase se ríen y así parece que la tensión se va pasando.

—A lo que iba. Julia, bienvenida a clase. **¡Empezamos!**

María se pasa una hora hablando de matemáticas, de cómo se estructurará el curso, de los temas que trataremos y de los ejercicios y exámenes que irá pidiendo. Enseguida me cae bien. Es respetuosa, nada carca, y tiene las cosas claras. Cuando se marcha para dejarnos un poco de descanso, antes de que empiece Histo-

ria, **estoy deseando que llegue la siguiente clase de Matemáticas**.

El resto de mi primer día pasa sin más. **Alejandra,
Irene y las otras van a todas mis clases** (que ya es mala
suerte, ya que hay un total de cuatro líneas por curso
aquí en secundaria), pero excepto ciertas miradas ase-
sinas y alguna que otra risa fuera de lugar, me dejan en
paz. A la hora de comer, me llevo la ensalada al jardín
y me la tomo sentada en un tocón sobre el que da el
sol, porque me apetece estar tranquila y sin más problemas. Este jardín parece extraído de un cuento clási-
co, como el de *La bella durmiente*, y hace juego con el
castillo, claro: está rodeado de altos cipreses, hay árboles de distintos tamaños y colores distribuidos por todos lados: olivos, cerezos, sauces..., incluso una arcada
hecha con enredaderas que te llevan a una rosaleda
preciosa.

Mientras paseo después de comer, **veo a Adrián
sentado con sus amigos en unos bancos a la sombra**. Me
saluda y me hace un gesto para que vaya a charlar
con ellos, pero decido devolverle el saludo sin acercarme; prefiero mantenerme lejos, al menos hasta que
consiga reponerme del ataque de su enamorada psi-
cótica.

En un tablón de anuncios junto al comedor veo que
se presentan los coloquios conducidos por los gobernantes. Los describen como oportunidades para hallar

algunas respuestas a las preguntas que podemos tener durante el curso escolar.

COLOQUIO

¿Tienes dudas sobre el funcionamiento de Vistalegre? ¿Quieres conocer a gente? ¿Necesitas ayuda con los estudios?

¡Ven al COLOQUIO!

¿Cuándo?: Lunes y jueves a las 19.00 horas.
¿Dónde?: Comedor principal.

No creo que nadie sepa cómo evitar a unas abusonas, pero se me ocurre que quizá ahí pueda conocer a gente. **¿Por qué no?** En el cartel dice que las reuniones son los lunes y jueves antes de la cena en este mismo sitio, así que cuando termino las clases me dirijo a mi habitación y compruebo que está vacía (¡afortunadamente!), y paso la tarde poniéndome al día con lo que he hecho hoy en clase. Cuando llega la hora, vuelvo al comedor.

Observo en qué consiste esto del coloquio para valorar si me quedo o me voy: han reducido la iluminación fluorescente y, en su lugar, hay un montón de **velas colocadas sobre las mesas** unidas, que ocupan grupos de chicos y chicas con tazas de chocolate caliente en las manos y bandejas de pastas mientras charlan tranquilamente. Se respira un buen rollo general que enseguida me atrae. En uno de esos grupos **distingo a Adrián**, que habla distendido con un gobernante, y veo que no le acompañan sus inseparables Matías y Sergio. Parece que el universo quiere gastarme una broma. **Yo me esfuerzo por alejarme de Adrián, y el universo lo trae de nuevo hasta mí**; ahí, bien cerca. Me llama la atención que acuda a estas reuniones, pues no me parece el tipo de persona con problemas que necesiten solución; además tiene pinta de conocerse bastante bien este sitio, pero ¿quién soy yo para juzgar...?

De pronto, como si pudiera oír mis pensamientos, levanta la vista hacia mí y yo le saludo levemente, desde lejos de nuevo, antes de apartar los ojos y seguir observando los distintos grupos que se distribuyen por la sala para decidir cuál es el mío. De repente, veo la coleta tirante de Lea y después su rostro concentrado. **Ella es mi gobernanta, la que me dio la bienvenida**, y está sentada en una mesa cerca de la barra con varias chicas, así que, sin pensarlo más, decido unirme a ellas. De reojo veo que Adrián observa mis pasos y yo me concentro en ignorarle, aunque no es fácil...

—¿Está disponible? —pregunto señalando una silla vacía. Prefiero asegurarme antes de tomar asiento.

—Sí, tranquila —me responde Lea—. **Hay sitio para todos.**

—Gracias.

—No hay de qué. ¿Quieres algo para beber? ¿Chocolate a la taza? ¿Una pasta? —me pregunta ofreciéndome una taza, y yo acepto el chocolate. Cuando le doy un sorbo, me sabe a gloria, es de cacao del bueno. Doy un bocado también a una pastita con forma ovalada que está tan rica como el chocolate. La verdad es que el ambiente logrado es de lo más agradable, tanto que **consigo medio olvidar que en este mismo comedor anoche viví una de las peores experiencias de mi vida gracias a Irene**. Solo con pensar en ella se me agria el último sorbo de chocolate, así que procuro no hacerlo.

Lea busca nuestros nombres en una lista, apunta algo y la deja a un lado.

—**¿Qué tal ha ido vuestro primer día?** —pregunta en general, y al principio nos miramos unas a otras sin saber quién responderá primero.

—Muy bien —dice entonces una chica, rompiendo el hielo, y a continuación se alarga explicando que la comida bío que tanto defienden en el centro podía estar mejor y más cuidada. Ella, además, es vegana, y opina que no estaría mal que dieran más opciones.

Así, las distintas chicas cuentan su primera experiencia ese día, ninguna demasiado traumática, o eso es lo que me parece, **hasta que me toca a mí**. Soy la última, ya no me puedo librar, y como me da un poco de vergüenza contar mis pésimos problemas así en voz alta delante de estas desconocidas, intento suavizarlo un poco.

—Hay algunas chicas que me han cogido... **manía** —comento, mirando a los lados por si alguna involucrada pudiera oírme.

—¿Te están acosando? —pregunta Lea, mirándome directamente con los ojos abiertos como platos.

—**Bueno, anoche me tiraron un zumo de naranja en la cabeza y hoy se han reído de mí en clase...**

Lea frunce el ceño, extrañada; parece que esa situación no es del todo habitual entre sus «gobernadas».

—**¿Y tú qué has hecho?** —quiere saber.

—¿Yo? —pregunto sin comprender.

—Sí, **¿has hecho algo para que paren?** —dice, sin darme tregua, manteniéndose firme.

—No, bueno…, las he ignorado bastante.

—¿Y crees que eso soluciona algo? —insiste.

—No lo sé, me gustaría pensar que sí, que ya se cansarán…

—Mmm… Julia, ¿no?

—Sí.

—**Las cosas no funcionan así.**

No me esperaba esa respuesta, y no me sienta demasiado bien.

—¿Y cómo funcionan? —pregunto, incrédula. Parece que encima tenga yo la culpa de lo que me pasa.

—**A los conflictos hay que plantarles cara y superarlos, no dejarlos crecer.** Te animo a que hables con esas chicas, o al menos con alguna de ellas, y halléis una solución. Y que, si no es el caso, no te dejes pisar.

—¿Y ya está? —digo, levantando las cejas. Me alucina lo fácil que lo ve todo esta chica.

—Y ya está. No debes mostrarte débil porque no lo eres: **eres fuerte y has sido becada porque tienes un expediente brillante. No lo olvides** —concluye al tiempo que asiente con pequeños movimientos de cabeza, que hacen que su coleta estirada se mueva—. Es hora de actuar.

Asiento también, algo desconcertada. No estoy segura de que mi problema con Irene y las demás se arregle así de fácil, pero al ver lo convencida que está Lea de cómo debo afrontar la situación, me digo que por intentarlo no pierdo nada. La idea de que se solucione todo con una conversación me atrae y me permito pensar que tiene razón. Quiero gozar de su optimismo, empaparme de él. Su presencia da seguridad; creo que volveré a estas sesiones en más de una ocasión.

Tras una hora de coloquio durante la que he escuchado a las demás chicas hablar de sus propias dudas,

me despido más tranquila de lo que he llegado. Es probable que esto que me está pasando no sea tan horrible y que esté en mi mano ponerle fin, **solo tengo que mantenerme fuerte** y hacer algo, no conformarme. Como ha dicho Lea: **es hora de actuar.**

Decidida, me dispongo a salir del comedor para empezar a poner en práctica mis propósitos cuando Adrián me frena.

—¿Qué tal tu coloquio? —me pregunta mirándome con esos ojos tan profundos que parecen querer saber más y más.

Siempre que me habla, al principio me cuesta reaccionar, pero luego lo consigo sin quedar del todo mal.

—Muy bien. El chocolate sobre todo —respondo, añadiendo una broma incluso.

Adrián se ríe y yo me río también.

—Espero que tu primer día haya sido bueno, como no hemos podido hablar en el comedor... —Esta debe de ser su manera amable de decirme que he pasado de él completamente, como si no fuera a darse cuenta. Bravo, Julia.

—Sí, perdona, es que iba con prisa. El día bien, sí...

Y aunque me he propuesto poner en práctica el consejo de Lea y debería darme igual que Irene nos vea hablar juntos, lo cierto es que igual no me da. Cada vez hay más gente a nuestro alrededor, ya en la cola del comedor para cenar, y no paro de echar vistazos rápidos por si alguna de esas personas es la susodicha. Debería aprovechar que Adrián es amable conmigo, que se preocupa por mí, a pesar de que me acaba de conocer, y procurar pasar el mayor tiempo posible a su lado. El problema es que, por mucho que lo intento, **no me quito de la cabeza las palabras de Alejandra sobre cómo estoy fijando mi destino en este sitio con cada decisión que tomo**. Es como si estuviera en un cruce de caminos y tuviera que elegir: uno es más conveniente a corto plazo, pero al final de él me encuentro con un muro contra el que choco, sin salida; el otro es más arriesgado, pero al final, entre la espesa bruma, veo el mar y el sol, y todo es perfecto. Y entonces... decido que sí: este es mi lugar y **ni Irene ni nadie me impedirá charlar con Adrián**.

Por desgracia, justo cuando decido que es momento de empezar a disfrutar de Vistalegre y que Adrián es la mejor compañía para hacerlo, él dice:

—Perdona, pero tengo que irme.

—¿Tienes clase? —pregunto extrañada por la hora.

—No, ahora tengo entreno. Tenemos competición de natación pronto.

—¿Estás en el equipo del colegio? —digo sorprendida.

—Sí. Y entrenamos a diario, nuestro entrenador no tiene compasión. —Se ríe y me contagio—. ¿Tú te has apuntado al equipo?

—Aún no, pero no lo descarto.

—Si quieres un consejo, aprovecha para descansar mientras puedas —añade mientras se aleja—. ¡¡¡Hasta mañana!!!

—Hasta mañana —respondo, y siento que el corazón se me acelera un poco. Mientras veo cómo se aleja, me pasa por la cabeza que quizá lo que me atrae de Adrián no es solo su amabilidad... Porque la verdad es que es guapo a rabiar.

Sigo **pensando en él** mientras voy hacia la habitación. Los pasillos están vacíos a estas horas de la noche porque la mayor parte de los estudiantes están cenando. Pero yo no tengo hambre: **demasiadas emociones en tan pocos días**. Las lámparas de vidrio titilan iluminando el laberinto solitario del castillo, hasta que de pronto veo una melena negra y brillante inconfundible. **Es Irene**.

Al principio no sé si es una alucinación o la estoy viendo realmente, pero no porque Irene sea una extraterrestre (aunque es verdad que parece que tiene la sensibilidad de un reptil), sino porque está cerrando con sigilo un cuarto oscuro en cuya puerta hay un cartel que dice: DESPACHO DE LA DIRECTORA.

¿Qué hace a estas horas en el despacho de la directora? Y, lo más importante: ¿por qué no está la directora dentro?

A

Cara
a cara

El centro del pueblo, nada más cruzar el río, está hasta arriba de gente. Son las únicas tiendas accesibles en varios kilómetros a la redonda, así que vecinos de varias localidades cercanas aprovechan para hacer sus compras en el mismo lugar que nosotras. En los límites de este pueblo, solo hay montañas, y a estas alturas de octubre empiezan a tener las cimas blancas. Una sensación de abandono te abraza cuando los cruzas...

—**Me encanta ese** —dice Leyre mientras señala un vestido de color azul noche, largo hasta los tobillos, que lleva el maniquí de la tienda donde venden la ropa de la diseñadora Allison McPearson que tanto nos gusta.

—Pues entramos y te lo pruebas —concluyo, porque yo también quiero ver si encuentro algo de mi estilo. Norah me apoya, pero Irene nos advierte que **no podemos pasarnos el día aquí metidas porque tenemos otros asuntos que atender...**

Esta es una de nuestras salidas para pasear, sociali-
zar y airearnos, para limpiarnos del aire rancio que se
respira en Vistalegre. Nuestra vida diaria está tan limi-
tada por las estrictas normas de nuestra directora que
**cada vez que cruzamos las puertas del internado siento
como una liberación extraordinaria, como si pudiera vo-
lar sin tener que mirar atrás cada dos segundos**.

Todas tenemos en la cabeza **la gala de Navidad**. Aunque todavía faltan meses, queremos el modelo perfecto, y cuanto antes lo tengamos en nuestras manos, mejor. A medida que se acerca la fecha, las posibilidades
de encontrar el conjunto ideal se reducen, por eso preferimos ser previsoras en este sentido. Así que aquí
estamos, mientras algunos alumnos aprovechan para
vender en tiendas y casas galletas, marcos, pisapape-
les, pulseras y otras cosas hechas por ellos mismos para
recaudar el dinero suficiente para la ONG, a nosotras lo
que nos interesa es el baile en sí, y por eso estamos en
la tienda a la que venimos todos los años para lo mismo. ¡Ya nos conocen!

—Bienvenidas, chicas. A ver si adivino... **¿Buscáis
algo especial para la gala?** —nos pregunta Dora al vernos entrar en su pequeño local.

—Más especial que nunca. **¡Irene tiene un chico que
conquistar!** —digo, y mi amiga ríe encantada, igual que
la dependienta. Probablemente seamos sus clientas
más fieles.

Pasamos un buen rato entrando y saliendo del probador de la tienda. Primero Irene, después las demás, claro. Vamos por turnos, y cada vez que una de nosotras elige una prenda, las demás nos centramos en analizar los pros y los contras para que la decisión final no sea tan difícil, como cuando Norah elige una falda con demasiados brillos y tenemos que valorar su funcionalidad.

—Te van a confundir con una lámpara de discoteca —bromea Irene, pensando en lo negativo, y las demás nos reímos.

—Pero **las lentejuelas están de moda**, lo vi en las fotos de la pasarela de París —replica Norah, pensando en lo positivo.

Leyre y yo nos miramos, tratando de decidir quién tiene razón. Y, por esta vez, Norah gana. Nadie está por encima de la semana de la moda de París, así que la falda acaba siendo suya.

Somos un buen equipo, de manera que antes de que acabe la mañana, para gran satisfacción de Irene, ya hemos elegido casi todas al menos un vestido para la esperada gala. Yo no he visto ninguno que me entusiasmara, quizá porque eran todos demasiado cortos y con mis piernas de uno veinte no quedaban modelos que entraran dentro de los cánones de Vistalegre, pero opto por dejarlo para más adelante y no agobiarme. En cambio, algunas, y me estoy refiriendo a Irene, ya han elegido incluso dos vestidos, por si se mancha uno, tener otro de repuesto igual de espectacular. Así que después de comernos una hamburguesa sin que ninguna autoridad del internado nos descubra (la primera desde que empezaron las clases en septiembre), **entramos en el supermercado de la esquina para comprar las otras cosas a las que Irene se refería.**

Ella se encarga de la lista y de ir anunciando lo que debemos comprar mientras las demás nos distribuimos por las distintas secciones y vamos colocando en el cesto los productos encontrados.

Pintaúñas tono Malibú ✓
Base de maquillaje ✓
Pintalabios melocotón ✓
Patatas con sabor a queso ✓
Galletas con chocolate blanco ✓
Regaliz ✓
Ositos de goma ✓
Chupachups ✓

Y ya está. **Esta es nuestra compra total**, que Irene se encarga de pagar con unos cuantos fajos de billetes que lleva en su cartera. Sí, todo son guarrerías y maquillaje, **cosas prohibidas de consumir en el internado**, cosas que nosotras nos encargamos de vender a quien

las quiera. Y es que... tenemos un método para introducirlas dentro: mucho morro, poco miedo y... **una mochila grande con doble bolsillo** que nos vamos repartiendo para que nadie se parta la espalda. ¿Se puede ir más preparada? Si la directora Carlota nos viera... Ja, ja, ¡¡¡me parto de risa con solo imaginar su cara!!!

Subimos al autobús para regresar al internado cargadas con nuestras adquisiciones, las que quedan a la vista y las que no. Parece que se nos ha hecho un poco tarde, porque todo el mundo ya está sentado en su sitio. Al ir avanzando por el pasillo, **veo a Julia, mi compañera de habitación fantasma**, sentada junto a Lea, su gobernanta. Parecen haber hecho muy buenas migas porque no es la primera vez que las veo charlando como si fueran amigas de toda la vida.

Lea es una de las gobernantas que hoy debían vigilar que no cometiéramos maldades, lo que me deja suponer que no sabe hacer muy bien su trabajo. Irene me da un codazo y me hace un gesto con la cabeza para que nos sentemos justo detrás de ellas en el autobús; **es evidente que está tramando algo...** La verdad es que ahora tampoco tengo muchas ganas de más líos con Julia, pero sé que Irene sigue teniendo algo pendiente con ella. Desde que empezó el curso hace semanas, ha visto que **entre ella y Adrián hay algo que va creciendo más y más**: se pasan casi todo el día juntos, y mi amiga ya no sabe qué hacer. Es como si Julia hubiese decidido que es inmune a su poder, algo que jamás hubiese dicho al verla por primera vez. Después de lo del zumo, esperaba que se convirtiese en una sombra en el internado, alguien invisible. También para Adrián. Pero no ha sido así.

—**Mete esto en esa mochila** —me suelta Irene en cuanto tomamos asiento. Tiene una bolsa de patatas fritas en la mano y está señalando una mochila de color verde que hay justo debajo del asiento de mi compañera de habitación.

—¿Para qué? —pregunto, segura de que sus intenciones no pueden ser buenas.

—**Para hacerle pagar lo que me está haciendo, Álex. No preguntes más.**

Asiento y obedezco, porque si Irene me dice que no pregunte más, sé que no debo hacerlo. Me aseguro de que Julia y Lea van a lo suyo, y me coloco en el suelo sin dejar de mirarlas por si acaso se dan la vuelta y me pillan. Creo que he dejado de respirar. Abro despacio la cremallera de la mochila de Julia y coloco las patatas dentro. Después vuelvo a mi sitio rápidamente junto a Irene. Siento la adrenalina circular por mi cuerpo, y me encanta esta sensación... **de peligro.**

Cuando vuelvo a mi sitio, Irene añade:

—**Es hora de que entienda bien quién manda aquí.**

Me quedo pensativa mientras Greta, la profesora de

Historia, hace el recuento de todos los ocupantes del autobús. Cuando termina, Irene la llama levantando la mano. En cuanto le pregunta qué pasa, responde sin avisarme:

—**Señorita, creo que Julia está intentando colar algo prohibido en nuestro sagrado colegio...** Quizá incluso hasta lo ha robado, para que nadie la vea.

Y yo me quedo descolocada. Sabía que sus intenciones no eran buenas, pero... ¿esto?

—¿Cómo dices? —pregunta la profesora sin entender nada.

—**Mire en su mochila**, me ha parecido ver algo totalmente indebido —suelta como haciéndose la dolida mientras coge la mochila verde del suelo y se la tiende a Greta.

La profesora interroga con la mirada a Julia, que se encoge de hombros sin comprender qué está pasando y luego me mira a mí con el ceño fruncido, y yo hago como que no la veo, porque no se me ocurre nada que decirle. Incluso **siento un poco de vergüenza por lo que acabo de provocar sin saberlo**: pensaba que Irene aprovecharía las patatas para dejarla como alguien inapropiado ante Adrián, no que le buscaría problemas con la mismísima dirección del internado.

Cuando Greta abre la mochila y encuentra las patatas, mira de nuevo a Julia.

—**¿Esto es suyo?** —le pregunta con voz tirante y la expresión horrorizada. Como si hubiera cometido el peor pecado del mundo.

—No, profesora, esa mochila no es mía —responde Julia, titubeante.

—**Es mía** —anuncia Lea con voz segura, y noto un calambre en el pecho. Nos hemos equivocado de víctima—. Y yo no he metido eso ahí, porque ni lo he comprado ni lo he robado —añade desafiante, mirándonos directamente a nosotras, sentadas justo detrás, muy cerca de su mochila. No hay que ser muy espabilada para atar cabos...

—**¿Y tenemos que creerte?** —pregunta Irene inclinando la cabeza, sin amilanarse.

—Eso —añado yo, y procuro poner cara de fanfarrona, porque **ahora no puedo abandonar a mi amiga ante el peligro**.

—Yo la creo, y seguramente los demás también —suelta de pronto Julia, hasta ahora callada a su lado—.

No es ella la que hace viajes nocturnos sospechosos al despacho de la directora...

—¿Cómo? ¿A qué se refiere? —pregunta la profesora de Historia, preocupada.

Irene se queda congelada, mirándola fijamente. Si pudiera oír sus pensamientos (casi tenemos telepatía), lo más probable es que fueran palabrotas y, sobre todo, muchas amenazas. Lleva fatal que le salga mal un plan y que alguien intente amenazarla de cualquier manera. En este momento, el autobús empieza a moverse y pasa por una zona de mucho bache que hace que la profesora, todavía de pie, pierda el equilibrio y se aleje un poco de nosotras, momento que aprovecha Irene para poner voz a lo que hasta ahora solo pensaba:

—**Si cuentas algo más, prepárate** —dice entre susurros, pero mira fijamente a Julia para dejar sus intenciones bien claras.

Sé que habla en serio, así que, sea lo que sea lo que Julia haya visto, espero, por su bien, que se lo guarde para ella sola.

J
Secretos a media noche

M iro el paisaje rojo y marrón que me rodea. El otoño está muy avanzado, tanto que ya hace falta chaqueta gruesa para salir fuera, pero aquí estoy un sábado por la mañana: sentada en un banco del jardín que rodea el castillo, sintiendo el frío en mi cara mientras muevo las manos de forma mecánica.

Para no pensar en mis problemas, me concentro en trenzar los hilos de una pulsera. Ya llevo hechas más de treinta para recaudar dinero para la gala de Navidad y, aunque el motivo principal es que todo el dinero irá a parar a una ONG, lo cierto es que, en los últimos días, esta tarea se ha convertido en mi válvula de escape. **Todo ha empeorado desde la escenita del autobús** durante la salida que hicimos al pueblo: si tenía opciones de hacerme amiga de alguien, ese día desaparecieron. **Incluso Adrián y los demás parecen evitarme desde entonces** y, si soy sincera, yo también los he evitado a ellos: **ya he visto de qué es capaz Irene si se enfada.**

Lea es la única que no se ha dado por vencida conmigo; es un consuelo contar con ella y los coloquios de los lunes y los jueves. Yo la defendí aquella fatídica tarde y me felicitó por haber seguido su consejo y mantenerme fuerte, aunque después no haya continuado siéndolo. Al final, Greta tiró la bolsa de patatas a la papelera y todo quedó en una advertencia: nada de comida basura en Vistalegre.

Sigo trenzando pensando en mi familia. Un buen puñado de estas pulseras son para vender en el pueblo, pero estas últimas son para mis vecinas Juana y Elisa, quienes han dado lo que han podido al bote común para la asociación benéfica. Me lo contó mi madre hace ya unas semanas, cuando al fin pude hacer mi primera llamada a casa. Escuchar la voz de mi familia tan lejos **fue duro, pero también me dio fuerzas para se-**

guir luchando por mis sueños. Total, que como en casa no tenemos amigos de altas esferas, ni se me pasa por la cabeza que nadie pueda comprar una entrada para asistir al baile, pero las pulseras son más asequibles. Mi madre también ha vendido algunas en su trabajo, que ya mandamos por correo postal la semana pasada. Intenté que viniese a recogerlas en persona, pero Carlota fue tajante: nada de visitas hasta Navidad. **¿Podré aguantar hasta entonces?**

Cuando se acerca la hora de comer, recojo mis trastos y me dirijo al comedor con la intención de coger algo de comida ligera para que no me dé sueño, comérmela lo más rápido posible y estudiar un poco por la tarde, pero tras unos pasos me tropiezo con una imagen que me quita el hambre: **Adrián e Irene están escondidos y muy juntos**, o al menos me lo parece, en la semipenumbra de un pasillo, hablando en susurros. Como no soy cotilla, no hago por escuchar qué se están diciendo, pero me queda bastante claro que si Adrián anda con Irene es que o bien están tramando algo bastante turbio o bien se está cumpliendo el deseo de ella, y su amor ha dejado de ser solo platónico. Sea como sea, me sienta fatal verlos así, tanto que **se me cierra el estómago y se me pasan las ganas de comer**.

Justo cuando me acerco a las máquinas expendedora para coger cualquier cosa que me dé algo de energía

para pasar la tarde estudiando, me encuentro a Lea en el pasillo, como buen ángel de la guarda.

—¿Comemos juntas?

Aunque no tengo muchas ganas, asiento. Lea no aceptaría un no por respuesta, y tampoco me apetece hablar de lo que acabo de ver. Comer con ella me distraerá.

Empujo mi bandeja detrás de Lea, que vigila los platos que voy seleccionando. Cuando opto por dejar el primero, lo coge ella por mí y acabo con el menú completo: crema de zanahoria, naranja y apio, y pollo de corral a la plancha con salsa de soja, miel y sésamo con ensalada de lechuga, maíz y tomate, y de postre fruta, claro. Toda la comida ecológica y con nombres que necesitan un párrafo entero.

En cuanto nos sentamos, Lea comienza su **interrogatorio de seguridad**, igual que hace en nuestros coloquios.

—**¿Ya tienes pareja para el día de la gala?** —me pregunta, y yo la miro con el ceño fruncido.

—Qué va. No tengo ni un amigo en este sitio, ¿cómo voy a tener pareja? No creo que me quede al baile, diré a mis padres que nos marchemos en cuanto entreguen el dinero a la ONG.

Lea entorna los ojos, como si lo que le dijera fuera totalmente incoherente.

—**Eso no lo puedes hacer.**

—¿Por qué?

—Porque está mal, **no puedes faltar, es algo fundamental para este colegio** —contesta mostrándose muy firme, y me doy cuenta de lo importante que es para ella que todo se haga según lo estipulado, y de cuánto valora este colegio. Nunca le he preguntado por su familia ni por su origen, nuestras conversaciones se basan exclusivamente en mí, y quizá debería empezar a interesarme por ella—. Aquí no se puede hacer lo que se quiere, ya lo sabes. Hay unas reglas y hay que cumplirlas. **¿O es que tú también le vas a echar la culpa a la Sociedad del Candado Dorado?** —dice Lea, y yo no sé de qué me está hablando.

SOCIEDAD DEL CANDADO DORADO

—**¿Qué es eso?** —pregunto.

—Nada, **tonterías... o leyendas**, como prefieras llamarlo. Pero cada vez que alguien hace algo que no debe, dicen que es por culpa de esa sociedad que nadie conoce a ciencia cierta. Así que creo que en realidad no es más que una excusa.

Tras un leve silencio que utiliza para poner orden a sus pensamientos otra vez, continúa hablando:

—En fin, Julia, **tener pareja depende solo de ti, igual que hacer amigos**. Puedes pedírselo a alguien, lo de ir al baile, y también puedes olvidarte de las cuatro amargadas que te la tienen jurada y tratar de conocer a otras personas, abrirte un poco... Hay gente muy agradable por aquí aunque no te lo creas. Como ese chico, Adrián, es muy majo, ¿no? Parecía que os estabais haciendo amigos...

—Ya, pero no... —respondo, pensativa.

—¿No por qué?

—**Porque se complicó todo** —contesto intentando cortar el tema. No quiero hablar de Irene en un sitio donde podrían oírnos...

—**Nada es complicado si tú no quieres.**

—**Decirlo es muy fácil.**

—**Y hacerlo también.**

Respondo con silencio, porque querría creérmelo, pero... Me cuesta abrirme, y si me ponen la zancadilla todavía más. El dichoso baile de la gala tiene a todo el

colegio emocionado. Todo el mundo está vendiendo el máximo de entradas posible para que la recaudación sea inmensa y la ONG que la recoja esté eternamente agradecida al colegio. Pero yo sigo tan sola como al principio o incluso más, ¿tendrá razón Lea y es también un poco culpa mía? **Ahora me entran las dudas...**

En cuanto me tomo el último trozo de pera, nos despedimos. Ella tiene una reunión con otras alumnas, y yo he de ir a la biblioteca para repasar para el examen de matemáticas.

Entro en la biblioteca, una sala de madera, con libros por todas partes y la pared ventana a un lado que da directa al bosque, para que puedas viajar a través de él mientras lees uno de los libros. Aunque la biblioteca está hasta arriba, encuentro sitio cerca de la ventana, donde a mí me gusta.

Después de desplegar todos mis apuntes encima de la mesa, me doy cuenta de que Adrián está sentado unas sillas más adelante, solo, sin sus amigos Matías y Sergio. Él no me ve porque no levanta la cabeza de sus libros, y yo al principio me centro en seguir estudiando matemáticas, sin embargo, mis ojos se desvían solos hacia donde está él cada dos por tres, con disimulo, eso sí, y detecto en su cara una expresión que no había visto antes: está **un poco pálido, y también sudado...** Me fijo en que tiene el libro de matemáticas abierto y que se encorva sobre él para escribir algo en la libreta, pero se pasa la mano por el pelo castaño constantemente, como **nervioso**. Debe de ser por el examen de mates que tenemos dentro de tres días para marcar justo la mitad del trimestre.

En un primer momento pienso en ignorarle y seguir con lo mío, pero me vienen las palabras de Lea: **«Nada es complicado si tú no quieres»**. Si quiero tener amigos, yo tengo que ser una buena amiga y parece que en estos momentos Adrián necesita que le echen una mano. Así que me levanto para acercarme a él.

—**Hola, Adrián. ¿Cómo vas con el examen?** —digo señalando el libro abierto y los papeles que tiene sobre la mesa.

—Ah, hola..., Julia —responde distraído, dando un bote sobre la silla y cerrando la mano rápidamente sobre uno de los papeles que tenía pegado al libro. Me da la sensación de que pretende, de hecho, esconderlo...—. **¿Qué quieres?** —me pregunta con cierta brusquedad.

Enseguida me arrepiento de haberme acercado, y no sé ni qué decirle para no quedar peor de lo que ya he quedado. Porque **es evidente que le estoy molestando**. Maldita Lea, para qué le haré caso...

—Perdona, no quería molestarte... Solo pensé que quizá podía ayudarte a preparar el examen de mates. Si quieres, claro. —Acabo optando por ser sincera, porque yo siempre lo soy y no sé ser de otra manera.

—No, no, gracias, no hace falta. En serio, puedes... puedes seguir con tus cosas —dice señalando con su mano mis libros, mi sitio, con la clara intención de que vuelva a él y le deje solo.

Me quedo petrificada. **Adrián me está echando de su lado.** El único chico que había sido amable conmigo hasta ahora, el mismo que me enseñó este lugar y me cuidó los primeros días. **No entiendo qué pasa.** Lo primero que me viene a la cabeza es que quizá es por algo que le ha dicho Irene, justo antes, cuando los vi escondidos.

—Venga, hasta luego, Julia. **Nos vemos** —insiste al quedarme yo, literalmente, en shock.

Aunque me cuesta vocalizar las palabras, reúno el valor suficiente para despedirme y me prometo no volver a acercarme a él nunca más. Y esta vez no será por Irene, sino por mí:

—**Adiós, Adrián.**

Por la noche, en la cama, no soy capaz de conciliar el sueño. **Lo último que me faltaba era que Adrián también me diese la espalda.** Sí, he hecho lo que me ha dicho Lea, me he movido... Pero ha sido un movimiento en falso. Creo que me he equivocado al venir a este lugar y abandonar toda mi vida para estar rodeada de gente que no me quiere aquí. Pero ¿es eso suficiente para rendirme? Si solo pudiese hablar con mi familia, oírlos... En la última llamada que les hice me planteé contarles algo, pero me eché para atrás para no preocuparlos. Si le cuento a mi padre lo que me está pasando, querrá que vuelva a casa rápidamente, porque él solo quiere que esté bien. La cuestión es... **¿abandonar sería la decisión correcta? ¿Y si nunca vuelvo a tener una oportunidad igual?**

Doy otra vuelta y me enrosco la colcha y la sábana entre las piernas. Al otro lado de la habitación, oigo la respiración calmada de Alejandra. No deja de ser increíble que comparta el oxígeno con este ser que no me quiere ver ni en pintura, pensar que está ahí, en su plano de esta habitación duplicada, justo cuando dormimos y somos más vulnerables. Este pensamiento hace que me resulte todavía más difícil conseguir relajarme.

No puedo más. Miro el reloj: son las dos de la madrugada y sigo sin pegar ojo.

Me levanto de la cama y decido hacerlo: **voy a llamar a mi casa, cueste lo que cueste.** Necesito que alguien me escuche y, aunque estén a kilómetros de aquí, ellos son los únicos que pueden tranquilizarme.

Sin hacer ruido salgo de la habitación. Los pasillos están oscuros y me cuesta ubicarme para llegar al locutorio, pero por suerte el camino es fácil: solo tengo que bajar una planta y buscar la zona del auditorio.

Todo el internado duerme, el silencio resuena en mis oídos con tal fuerza que me molesta incluso mi respiración. La moqueta del suelo absorbe mis pasos, así que no corro peligro, pero aun así, **mi corazón está a punto de estallar.** Si me pillasen..., si me pillasen tal vez me echarían, y aunque una parte de mí ya no tiene miedo a que eso suceda, la otra tiembla solo con pensarlo.

Pasado el auditorio, veo un cartel que anuncia por fin el locutorio. Sin darle más vueltas, empiezo a girar el pomo de la puerta de cristal sin éxito. Está cerrada con llave. No podía ser tan fácil. Siento que las manos me comienzan a sudar y que el corazón aumenta pulsaciones. Tal vez podría volver a la cama, pero no he atravesado medio colegio para nada. **«Piensa, Julia, piensa...»**

Y de repente lo encuentro: en el bolsillo del pijama, uno de los clips con los que suelo recogerme el pelo para ir a la ducha. Es fino y metálico, **perfecto para abrir ese pomo...** o eso creo. Lo introduzco en la cerradura y lo muevo para oír el ansiado clic: detrás de esa puerta está la conexión con mis padres, con mi mundo. Nunca he hecho esto antes y no tengo claro cómo conseguirlo, pero en las películas parece bastante fácil. Sin embargo, no lo es para mí: oigo un clic, sí, pero no es el de la puerta abriéndose, sino el del alambre del clip... **Se acaba de romper por la mitad** y una parte se ha quedado dentro de la cerradura y la otra, en mi mano.

No puede ser, puedo ver los teléfonos perfectamente al otro lado de la dichosa puerta, tan cerca y a la vez tan lejos.

Doy un puñetazo al vidrio, frustrada y enfadada, tan fuerte que el trocito de alambre incrustado en la cerradura cae al suelo. Lo recojo y lo aprieto dentro de mi puño, me dan ganas de gritar, pero el internado entero está dormido.

Miro las dos mitades del clip roto que tengo en mi mano: **se acabó...** Las guardo y recorro los pasillos de vuelta a la habitación mientras pienso en qué me hubiesen dicho mis padres. Estoy tan concentrada en mis cosas que hasta que no me doy de bruces con alguien no me doy cuenta de que no soy la única despierta a estas horas. **Alejandra está justo delante de mí, escondida tras una esquina, sola.**

—¿Qué haces aquí? —le pregunto, porque me sale sin pensar.

Se lleva la mano a la boca para pedirme **silencio** y señala una puerta abierta más adelante que enseguida identifico: es la del despacho de la directora y al asomarme distingo en la distancia una silueta que se mueve dentro, con la melena larga negra y brillante: **Irene.** Resoplo frustrada y harta de los rollos de estas dos y, entonces, tira de mi brazo y me esconde tras la pared para preguntarme entre susurros:

—¿Y tú qué haces a estas horas por aquí? ¿Vienes de abajo, no? **Excursión nocturna a los locutorios...**

Niego con la cabeza sorprendida mientras procuro hallar una excusa que me salve, pero estoy dema-

siado enfadada con el mundo como para pensar con claridad, y a Alejandra parece que no se le escapa una.

—**No eres ni la primera ni la última, Julia** —dice al ver mi cara de sorpresa.

Veo que sus ojos se abren mucho cuando se da cuenta de que **Irene sale del despacho de Carlota y cierra la puerta a su espalda**, antes de avanzar por el pasillo hasta su dormitorio. ¿Otra vez Irene en el despacho de la directora? Esto ya huele peor que mal... Pero antes de que pueda darme la vuelta para hablar con Alejandra, ella ya se ha ido a la habitación.

Parece que este internado guarda más secretos de lo que parece a simple vista...

A
Nuestro pacto

unque actuamos como siempre, algo ha cambiado entre nosotras. Cuando me levanto y voy hacia el armario para coger la ropa, Julia se aparta para dejarme paso, pero antes nos quedamos las dos frente a frente mirándonos, como si estuviéramos a punto de decirnos algo. Y entonces sé que tenemos que sellar el pacto que está en el aire:

—**Yo no digo nada si tú no dices nada** —le propongo.

Julia me mira a los ojos como nunca antes había hecho y, pensativa, me tiende la mano. Al fin y al cabo, si ella dice algo sobre Irene, yo podría hablar sobre su excursión nocturna...

—**Trato hecho.**

Las dos nos vestimos sin decirnos nada más, pero este pacto guarda un secreto. **¿Podré confiar en Julia?** Al fin y al cabo, de eso depende que Irene se libre de un castigo épico o incluso de la expulsión. Aunque no

sé qué diría si supiese que su continuidad en el internado depende, ya no de mi silencio, sino del de su archienemiga. ¡Todo esto parece una broma del destino!

Ya estoy de camino al comedor cuando una voz me llama por la espalda.

—¡Petaaarda! —grita Irene, y me doy la vuelta para saludarla.

—¿Qué tal? ¿Has dormido bien? —digo, tanteando el terreno, a ver si confiesa su incursión en el despacho de la directora.

—¡He dormido como un bebé! A las diez ya estaba en el séptimo cielo.

¿Por qué me miente? ¿Acaso no somos amigas? Me planteo decirle que lo sé, que no me cuente trolas, pero estoy convencida de que eso solo haría que se cerrase en banda y no me contase nada más. Debe salir de ella, así que decido callarme y hacer como si nada... hasta que ella quiera compartirlo.

Al llegar a la cola del desayuno y ver a Julia hablando tan tranquila con Adrián, sé que vamos a tener problemas y me preparo. **Pero ¿qué le pasa a esta chica? ¿Es que le van los conflictos?**

—Anda, ya está la lagarta con sus artimañas —dice Irene entrecerrando los ojos, y sé que ha empezado a maquinar algo nada más verlos.

Julia no se da cuenta de que las chicas y yo nos colocamos unos puestos más atrás de ellos con nuestras bandejas, y noto cómo Irene saca la antena para quedarse con lo que están hablando.

—Perdona por lo de ayer, ya te he dicho que estaba un poco nervioso... —Capto que le dice Adrián a Julia, refiriéndose a alguna escena que ignoramos.

—**No te preocupes, todos tenemos días malos** —responde ella, y aunque intenta que no se le note, se la ve algo incómoda, escondiéndose tras su melena rubia.

Leyre, Norah, Irene y yo estamos absortas en la conversación, a pesar del constante ruido de voces y sillas del comedor.

—¿Por eso no sabes si quieres venir conmigo al baile de la gala de Navidad? —le pregunta Adrián de pronto, y todas miramos a Irene, que abre los ojos de manera exagerada.

Norah me coge la mano como para buscar apoyo, porque sabe que se acerca una buena tempestad.

Irene coge aire y lo suelta en profusión, después aprieta la boca, visiblemente enfadada. Me pregunto si explotará ya o tardará todavía unos minutos.

—No me lo puedo creer... —comienza a hablar entre susurros—. **Maldita mosquita muerta.**

—Parece que le ha dicho que no —le digo para intentar quitar hierro al asunto, pero ella me manda callar chistando a lo bestia, gesto que también llama la atención de Julia, que al volverse hacia nosotras y vernos ahí a las cuatro, tan cerca, le cambia el color de la cara y se vuelve más blanca de lo que es.

Irene le dirige su peor mirada y creo que llega a amenazarla sin emitir sonido, solo vocalizando, en plan: **«Te vas a enterar»** o algo así. No puedo asegurarlo porque no le veo la boca. Me resulta imposible dejar de mirar a Julia y de repente me da bastante pena por lo que se le viene encima. Anoche no podía dormir y daba vueltas por el castillo para intentar hablar con su familia, seguramente porque no lo está pasando nada bien en este sitio. Veo cómo traga saliva; es tan blanca y delgada que se le nota el recorrido que hace por la garganta. Julia nos da la espalda otra vez.

—**¿Julia? ¿Qué pasa?** ¿Tan enfadada estás conmigo? —le pregunta Adrián, sin darse cuenta del conflicto que está protagonizando.

Ella empieza a negar con la cabeza como para decir algo que no le sale... Y al final acaba hablando, titubeante:

—No, no es eso... No es por ti. Es solo que no sé si me quedaré a la gala y eso...

—**¿No vendrás al baile?** —pregunta él, sorprendido, ya con la bandeja en las manos, esperándola. Y noto que Julia no sabe ni dónde meterse.

—No lo sé, lo tengo que decidir todavía —consigue decir antes de coger la bandeja y alejarse de la cola con su tostada con aceite de oliva y su zumo de naranja. Sigue a Adrián hasta la mesa en la que están sus amigos y veo que Irene quiere acelerar para sentarse cerca de ellos, porque empieza a meter prisa a los de delante para que se decidan entre el zumo de pomelo y el de piña.

Estamos a punto de abandonar la fila cuando alguien entra en el comedor exigiendo la atención de todos. Va tan acelerada y fuera de sí que nos cuesta reconocer a Carlota, la directora. **Tiene la cara desencajada, como si acabara de ver un fantasma.** Y tiene el pelo, que siempre lleva impolutamente, medio cardado.

—¡Atención todo el mundo, escuchadme, por favor! —grita, levantando las manos en el aire para captar la atención de los presentes.

Cuando consigue que todo el mundo se calle, vuelve a hablar con la voz afectada:

—**Han robado el dinero que hemos ido recaudando para la gala. Estaba en mi despacho a buen recaudo y ya**

no está —anuncia Carlota, y se ve interrumpida por un estallido de preguntas de todo el mundo.

Vuelve a mandar callar para continuar y todos le hacen caso.

—**El ladrón está en este colegio y hay que descubrir quién es.** Así que, si alguien tiene alguna pista, que sepa que tiene el deber moral de compartir su información para resolver este asunto de suma importancia lo antes posible.

Leyre, Norah y yo nos miramos nerviosas, porque sabemos muy bien dónde está ese dinero. Sabía que no era una buena idea cuando Irene lo propuso, demasiado arriesgado, se acabaría sabiendo, y nosotras preferimos quedarnos fuera, pero es evidente que ella decidió seguir adelante sola sin contárnoslo, tal como quedó confirmado con su escapada de ayer por la noche al despacho de la directora. Y todo porque su padre le había puesto límite a su tarjeta y ella no quería sobrepasarlo, pero tampoco quería dejar de comprar las joyas perfectas para su vestido del día de la gala; ese día es demasiado importante para ella como para racanear con los detalles... Y aquí estamos: nosotras muertas de miedo, y ella, la que más motivos tiene para estarlo, sin inmutarse.

Julia también la mira con el ceño fruncido, como si estuviera atando cabos, como si hubiera resuelto el peor problema matemático... Y entonces, sin saber muy bien cómo ni por qué, Irene exclama:

—**Podría ser una becaria, como esa de ahí** —exclama señalando a Julia, que se queda paralizada mirándola primero a ella y luego a Carlota.

No me lo puedo creer. Esto sí que no me lo esperaba.

—Tía, no... —le digo al oído, pero me frena con la mano para volver a hablar, con la intención de convencer a la directora, todavía poco persuadida con esa solución.

Acusar a alguien inocente de algo así me parece demasiado, y aunque intento hacer que entre en razón, mi amiga va lanzada y ni me escucha.

—**Como no tiene suficiente dinero para algunos extras que no entran en la beca, tiene que robarlo.** Es lo más lógico, directora. A los demás no nos hace ninguna falta —prosigue Irene.

Cuanto más habla, más cambia la expresión de Carlota de la confusión a la certeza, como si estuviera en una sesión de hipnosis. La idea no le parece ninguna locura, todo lo contrario, cree que es la respuesta que anda buscando. Aquí uno de los poderes más peligrosos de mi amiga Irene: es capaz de vender hielo a un esquimal. Sabe elegir las palabras perfectas para lograr sus propósitos y convencer a los que la escuchan de lo que a ella le interesa. De manera que Carlota, con ese nuevo as en la manga, se acerca a Julia y la mira con cierta desconfianza antes de hablar con cautela.

—**Julia, ¿tú sabes algo de este tema?**

—¿Yo? No, no, directora...

Julia está temblando, literalmente, y en este momento me parece el ser más frágil del planeta. Me fijo en que, nerviosa, no sabe dónde posar los ojos entre tantas personas que la miran acusadoras; de Carlota, pasa a Irene, a mí, a toda esa gente desconocida. Adrián, Matías y Sergio también la observan en silencio, pero con el ceño fruncido, y ella se da cuenta. Su único apoyo duda de ella. No tiene refugio y está al límite, se lo noto.

—**¿Estás segura? Si devuelves ese dinero ahora, no pasará nada...** —insiste la directora, abducida por Irene.

Veo cómo los ojos de Julia se enrojecen enseguida y estalla en un llanto desconsolado.

—**Yo no he sido, directora, de verdad.** Si me disculpa —dice entre sollozos justo antes de coger su bandeja, dejarla en el carro de las sobras y salir corriendo por la puerta del comedor.

Cuando desaparece, todo el mundo permanece como paralizado, esperando una señal de algo.

—Hablaré con ella. Si tenéis alguna otra pista, venid a mi despacho —anuncia Carlota antes de marcharse también.

Entonces la gente vuelve a hablar, a moverse, a desayunar, a recuperar su ritmo normal, como si nada hubiera pasado, como si no acabaran de humillar a alguien inocente sin motivo, y **eso me parece demasiado como para callar**. Por eso, cuando las chicas y yo nos sentamos a una mesa, decido decirle a Irene qué pienso.

—**Te has pasado tres pueblos** —digo mirándola directamente a los ojos, pero ella me evita. Leyre y Norah se mantienen al margen.

—¿Por qué? **Ella es la que se pasa, intentando robarme a mi chico.** ¿Es que ahora es tu amiguita? ¿Prefieres que me cojan a mí que a ella?

—No, nada de eso, pero lo que acabas de hacer es... increíble. **Has ido demasiado lejos. Podrías meterla en un problema muy gordo.**

Tras un breve silencio, responde, encogiéndose de hombros.

—**Me da igual.**

Y por primera vez no me siento a gusto sentada al lado de la que hasta hoy era mi mejor amiga. Supongo que algo ha cambiado, pero no solo con Julia, sino también con Irene. **O quizá es que yo estoy cambiando y empiezo a darme cuenta de algunas cosas, porque ya no soy capaz de ver a Irene de la misma manera.**

J
Última oportunidad

Desde que Irene me acusó ayer de robar el dinero de la gala tengo la sensación de que **estoy en el punto de mira**. La directora Carlota me ha pedido que vaya a su hiperordenado despacho esta tarde tras las clases para interrogarme en plan policía. Solo le falta enfocar a mi cara la luz de la lámpara que tiene en su escritorio.

—Estoy llamando a todos alumnos, solo quiero que lo sepas. —Se medio disculpa, y yo quiero creerla y olvidar cómo se dirigió a mí en el comedor, dándole la razón a Irene, pero no es fácil—. **¿Qué hacías el sábado por la noche?** —pregunta.

—Dormir —contesto, obviando mi paseo hasta el locutorio. Estoy tan nerviosa que podría desmayarme aquí mismo.

—¿Y no oíste nada raro?

Me tomo un momento para pensar bien mi respues-

ta y me planteo contarle que vi a Alejandra y a Irene rondando por su despacho y que probablemente son ellas las ladronas e Irene me esté acusando a mí para quitarse las sospechas de encima. Pero, a juzgar por la cara que puso mi compañera de cuarto cuando su amiga lanzó ayer su acusación contra mí, diría que ella no tenía ni idea de esa parte. Aunque no puedo poner la mano en el fuego por nadie. Aun así, contarle algo a Carlota significa no solo explicarle qué hacía yo por los pasillos, lo que sin duda no le gustaría, sino algo más importante: **romper la promesa que le hice a Alejandra, algo que yo no le haría a nadie. Solo espero que ella cumpla la suya.**

—No, nada —respondo al fin.

—Así, ¿fue una noche como las demás? —insiste Carlota—. Puedes contármelo todo, Julia.

—No hay nada que contar. Estaba durmiendo, ya se lo he dicho —respondo, tratando de parecer lo más segura posible mientras miro el gato de esmalte que decora la estantería a su espalda, porque no se me da bien mentir y menos mirando a los ojos.

—**¿Seguro?** —pregunta otra vez; imagino que no consigo ser convincente y la directora huele mi inseguridad.

—**Seguro** —lo intento de nuevo y ella se da por vencida, al menos por ahora, porque me permite volver a mi rutina.

Sin embargo, antes de que cierre la puerta del despacho, me dice una última cosa:

—Si se te ocurre algo más que pueda ser relevante, ven a verme.

Salgo directa hacia los locutorios, caminando todo lo deprisa que puedo. Ahora ya me sé el camino, después de mi exploración nocturna. Por fin ha llegado el día en que puedo hablar con mi familia. Estoy deseando contarles lo que aquella fatídica noche no pude: las cosas aquí están siendo demasiado difíciles para mí y creo que, definitivamente, ahora sí, **ha llegado el momento de volver a casa**.

Tras atravesar la misma puerta transparente que me frenó la otra vez, espero impaciente, sentada a la sala donde se ubican los diez teléfonos con cable en los que alumnos y alumnas, separados por sólidas mamparas, hablan con sus familias. Otro viaje en el tiempo...

—**¡Siguiente!** —exclama de pronto la gobernanta que vigila las cabinas haciéndome volver al presente.

Me doy cuenta de que me toca a mí, y siento que el corazón me palpita tan fuerte como en el momento del interrogatorio o más, y por un instante temo que vaya a estallar. Necesito oír la voz de mi padre, de mi madre, de mi hermano...

Enseguida me da línea y marco el familiar número de mi casa. Solo con pulsarlo ya me siento mejor, como si abriera la puerta y me encontrara con nuestra sala de estar, llena de las herramientas que mi padre va dejando por ahí cada dos por tres, y con todos esos libros didácticos que colecciona mi madre sobre métodos pedagógicos. Sueño con echarme en nuestro sofá de color gris azulado, acurrucarme entre los cojines y hacer los sudokus de la revista con mi padre al lado. Con lo que al final he decidido contar hoy a mi familia, quizá pueda hacerlo pronto, muy pronto... **Un escalofrío me eriza el vello de los brazos.**

—¿Diga? —pregunta mi madre como si me acariciara la cara.

—Mami, soy yo.

—¡Cariño! Qué alegría oír tu voz.

—Lo mismo digo. —Ahogo una sonrisa triste.

—¿Qué tal te han ido estas dos últimas semanas?

—Bueno...

—**Julia, ¿qué ha pasado?**

—Nada, es que...

—¿Qué? —exclama mi madre sin poder disimular su preocupación. Se le da mal fingir, como a mí.

Entonces oigo un ajetreo a través del auricular y a continuación suena la voz de mi padre.

—Julia, preciosa, ¿cómo estás?

—¿Qué le ha pasado a mamá? —pregunto preocupada.

—Nada, que ha entrado en modo pánico, pero tranquila, está aquí a mi lado. Dime, **¿qué te ha ocurrido?**

Me planteo la posibilidad de contarle lo del dinero, la acusación, pero creo que estaría reduciendo lo que me pasa a la última gota que ha colmado el vaso. Así que decido simplificarlo todo un poco.

—A ver..., es que he pensado que **lo mejor es que vuelva a casa** —digo sin pensármelo más, porque hoy sí que lo tengo clarísimo. Quiero irme de aquí, cuanto antes mejor.

Mi padre, el hombre tranquilo, procura transmitirme su serenidad, hablándome con calma, como si no acabara de decirle que quiero abandonar la oportunidad de mi vida.

—¿Y por qué has pensado eso?

—Porque... no me siento bien, papá. **No es mi sitio**, y la gente es tan... —no sé qué adjetivo añadir.

—¿Diferente? —sugiere él.

—Más o menos.

En el fondo, un poco a mi pesar, no me sorprende descubrir que mi padre no quiera venir a buscarme esa misma noche y trate de hacerme razonar.

—A ver, Julia, entiendo que ser la nueva no tiene que resultar fácil, pero sabes que **estudiar en Vistalegre es una buena oportunidad para ti**, que tendrás más salidas en tu carrera que si vuelves a tu antiguo colegio... Sé que eres capaz de encontrar tu lugar entre toda esa gente. **Seguro que hay personas que valen la pena por allí**, ¡como en cualquier sitio!

Me quedo en silencio otra vez valorando sus palabras y pienso en Lea, en Adrián... El pobre, ayer durante el patio, vino a preguntarme cómo estaba, preocupado por lo sucedido con Irene. Yo que pensaba que dudaba de mí y resulta que para nada.

—Nadie la toma en serio, a Irene, no te preocupes —me dijo Adrián. Y a pesar de que aquello no fuera del todo cierto, me hizo sentir bastante mejor.

Mi padre es capaz de razonarlo todo con mente matemática, analizar pros y contras con cautela. Él fue quien me introdujo en el maravilloso mundo de los números, el que me enseñó a descubrir sus posibilidades y a disfrutar de ellos igual que él. En parte, estoy aquí por él, porque quiere lo mejor para mí. Cómo le echo de menos...

—Hagamos una cosa. **¿Cuánto tiempo llevas ahí?** —pregunta.

—Un mes y medio.

—¿Cuánto falta para las vacaciones de Navidad?

—Otro mes y medio...

—Podemos decir entonces que estás justo en el cincuenta por ciento de la barra de tareas, ¿no?

Me río por la asociación y le digo que sí.

—¿Qué te parece si esperamos el otro cincuenta por ciento para poder valorar el cien por cien del conjunto?

—No sé...

—Además, iremos a recogerte para pasar las fiestas juntos. Si no estás bien entonces, no hace falta que vuelvas. **Solo dale una última oportunidad.** ¿Vale?

—Bueno, de acuerdo. —Acabo cediendo porque, visto así, tiene razón. Esta es una oportunidad dema-

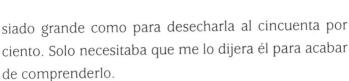

siado grande como para desecharla al cincuenta por ciento. Solo necesitaba que me lo dijera él para acabar de comprenderlo.

—Por cierto, **¿ya tienes pareja para el baile de la gala?** —pregunta de pronto mi madre, quien parece que ha escuchado toda la conversación con mi padre sin intervenir hasta ahora.

Cuando voy a contestarle con alguna evasiva, pues nunca di mi «sí» a Adrián, una voz me interrumpe:

—¡Pásamela ya! —oigo que grita mi hermano al otro lado de la línea, y mi padre le pide un segundo.

—Tu hermano quiere hablarte de no sé qué pantalla del juego de no sé qué laberinto —comenta mi madre.

Me río y le digo que me lo pase.

—**Os quiero.** Hablamos en dos semanas.

No me da tiempo a decir nada más, cuando oigo la voz de Nico, mi hermano pequeño.

—No te creerás en qué nivel estoy ya —me suelta.

Y mientras me habla de cómo ha conseguido subir de nivel a una velocidad vertiginosa, cierro los ojos y disfruto de esas anécdotas tan familiares y me veo a su lado, en nuestra casa, y sus ojos chispeantes me miran entusiasmados y admirados porque los dos estamos superando nuestros retos. **Y siento que si tengo a mi familia a mi lado, aunque sea en la distancia, puedo con todo esto y con mucho más.**

A

Totalmente perdida

Debería apetecerme, pero la verdad es que no, no me apetece ni pizca. Aun así, acudo a la sala de los teléfonos y espero mi turno porque han pasado ya dos semanas desde la última vez que llamé a mis padres y ya me toca. Ni siquiera me fijo en los que están pegados a los auriculares, hablando con sus familias. **Será que las suyas son más interesantes que la mía.** Cuando llega mi turno y marco el número de casa, me invade una extraña sensación que me cuesta identificar: la necesidad de encontrar algo que sé que probablemente no va a estar... Porque ni siquiera estoy segura de si estarán en casa, como la última vez, que solo pude hablar con Lidia. Así que aprieto el puño y espero; no sé qué es mejor, que responda alguien o que no...

—**Amanda al habla.**

Pues sí, sorprendentemente, **es mi madre.**

—**Mamá...** —comienzo a hablar, y me interrumpe rápidamente, como no podía ser de otra manera, porque a mi madre lo de hablar es algo que se le da muy bien y que podría alargar hasta el infinito y más allá.

—**Alejandra, tengo que hablar contigo.**

El tono urgente de su voz me hace sospechar un poco, porque nunca tiene demasiadas cosas que contarme.

—¿De qué? —pregunto con desconfianza.

—He intentado llamarte, pero esa directora tuya no me ha dejado hablar contigo. Me dijo que debía explicarle antes cuál era el motivo de la urgencia, y al no querer hacerlo, me pidió o, mejor dicho, me ordenó que esperara tu llamada, que hoy era el día en que telefoneabais a las familias y que no tenías por qué saltarte las reglas.

—**¿Yo? Yo no me salto las reglas**; en todo caso, lo haces tú, que nunca estás cuando lla...

—¿Yo? Si eres tú la que estás ahí metida, no yo —me suelta sin pensarlo.

Cojo aire y lo dejo ir lentamente para no cortar tan rápido la conversación, a pesar de que es lo que más deseo hacer en este momento. Necesito enterarme de qué tiene que decirme.

—Vale, tú dirás, mamá.

—Se trata de tu padre. Se ha metido en un lío y... Bueno, mejor te lo digo ya. **Tu padre está en la cárcel**, Alejandra.

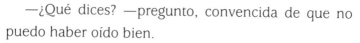

—¿Qué dices? —pregunto, convencida de que no puedo haber oído bien.

—Pues eso, que tu padre está en la cárcel —repite como si nada.

—**¡¿En la cárcel?!** —se me escapa un grito, porque resulta que sí había oído bien.

—Sí, y eso no es lo peor: **vamos a perder buena parte de nuestro patrimonio y de nuestro dinero por sus malas decisiones.**

—¡¿Malas decisiones?! Mamá, **¿de qué estás hablando?** —vuelvo a gritar, escandalizada, y me tapo la boca porque me van a acabar oyendo todos los que están en la sala.

—Bueno, hija, tu padre se equivocó con ciertos negocios y un inspector se dio cuenta. No pasa nada, todos cometemos errores —dice, tratando de disculparlo, y a mí me invade la furia.

—**Una cosa es equivocarse y otra hacer algo ilegal.** ¿Qué ha hecho exactamente para estar en la cárcel?

Mi madre es una experta en esquivar preguntas y sigue dando coba a mi padre sin remisión:

—Tu padre es un hombre trabajador, pero se deja influir porque quiere darnos todo lo que necesitamos y que no nos falte de nada, y bueno..., pues vamos a perder muchas cosas. Olvídate de nuestra casa en la Toscana, y de tus joyas y de esa moto tan bonita que te gusta llevar a la playa... —Coge aire, y sigue—. Necesitamos dinero para pagar la fianza que le pondrán y aquello que dicen que debe. Seguro que cuando lo pague le dejan libre, ya verás. Porque, bueno, ya sabes que no todo lo que cuentan es cierto, claro. Tendrán que demostrar todas las acusaciones. Hemos contratado al mejor abogado.

Mientras mi madre habla y habla, yo dejo de escuchar. Trato de procesar esta información que me llega como un fogonazo que intenta dejarme ciega, y entonces mi cuerpo empieza a reaccionar. Siento unos calambres en los brazos que me obligan a moverlos, nerviosa. **Es como si me estuvieran contando mi peor pesadilla.** No entiendo nada. Hace un momento todo estaba bien, o al menos como siempre, y ahora... Parece que mi familia está en la ruina, y no sé ni cómo ha pasado. Cuando me doy cuenta de qué significa eso, me entran ganas de gritar, de pegar fuerte a algo, de romper el dichoso teléfono contra la pared. Como no puedo hacer nada de eso, lo que me salen son lágrimas de rabia, de tristeza, de confusión... Porque me siento totalmente perdida y no sé qué pasará a partir de ahora. Pero estoy dispuesta a descubrirlo.

—**Mamá, quiero la verdad. Ahora** —la interrumpo, seria.

—No es tan malo, Alejandra. Tu padre solo ha cogido dinero de unos socios sin que ellos lo supiesen para un nuevo negocio que no ha ido del todo bien, nada más —contesta.

Mi padre ha robado. Ha estafado. Y, encima, nos ha llevado a la ruina. Mi cabeza está abotargada, no sé qué hacer ni qué decir...

—Y... ¿yo qué hago, mamá? ¿Me quedo aquí? ¿Voy a casa contigo?

—No, no, tú quédate en el colegio. Hay que mantener la normalidad tanto como podamos. Y el curso ya está pagado, así que... **Quédate y haz como si nada.**

Trago saliva. Mi madre debe de estar loca al pedirme eso. ¿Se puede ser más frívola? Como creo que cuestionarle esa posibilidad solo me llevaría a una discusión sin fin, decido que es el momento de terminar la conversación y empiezo a despedirme. He llegado a mi límite y no puedo escuchar más.

—Si pasa algo más urgente, llámame. O vienes y me lo cuentas en persona, por mucho que Carlota diga...

—Tú tranquila, cariño. Y no hagas caso de lo que diga la gente.

Cuando cuelgo el teléfono, me doy cuenta de que **tengo la cara empapada en lágrimas.** Me las seco con la manga del jersey como puedo y me aparto del teléfono para dejar sitio al siguiente y salir de este rincón. Al hacerlo me doy de bruces con alguien a quien no esperaba. Julia, que sale de otro de los teléfonos. Ella también tiene pinta de haberlo dado todo en su conversación familiar, porque tiene una expresión bastante afectada. Le saludo con la cabeza antes de alejarme de ella y salir de allí. **Necesito hablar con alguien para descargar un poco el peso que mi madre acaba de dejar caer sobre mí.**

Irene me da permiso para entrar en su habitación tras comprobar que soy yo. Al abrir la puerta, me la encuentro escondida dentro del armario mientras abre una de sus cajas con candado dorado y **saca parte del maquillaje que compramos en el pueblo el otro día**. En la silla de su escritorio, una chica mayor espera con las piernas cruzadas y la mirada ausente; debe de ser la clienta.

—¿Qué pasa, petarda? Me pillas liada.

—Tengo que hablar contigo, a solas.

—**Ahora no puedo**, tía, tengo asuntos que atender, ya lo ves... —me responde sin ni siquiera mirarme, y eso me sienta bastante mal, pero la disculpo diciéndome que si supiera de qué se trata dejaría todo de lado para estar conmigo y consolarme.

—¿Te falta mucho? —pregunto, impaciente.

—Pues sí. Cuando acabe con ella, tengo dos encargos más en el jardín. Y luego otro en el comedor. Como ves, el **negocio va viento en popa** —dice mirándome entusiasmada con sus enormes ojos castaños.

Sostengo su mirada con la esperanza de que se dé cuenta de la falta que me hace tener a mi mejor amiga a mi lado en estos momentos. No disimulo mi malestar, estoy segura de que se nota que algo me pasa... Y ella debería preguntarme de que se trata, ¿no?

—¿No puedes dejarlo para más tarde? **Te necesito, Irene** —insisto con tono suplicante.

—No, ya nos veremos luego. —Y aparta la mirada para volver a su cajita cerrada con candado, que me dan ganas de coger y tirar por la ventana.

Asiento en silencio, aprieto la boca y me despido con un «hasta luego» que queda flotando en el aire cuando cierro la puerta de un golpe seco a mi espalda.

Necesito deshacerme del peso que llevo, y no puedo hablar con mi mejor amiga... Parece que **ella está dispuesta a fallarme casi tanto como mi padre**. Todo mi mundo se desmorona, pero me queda Tristán, mi aliado, el eje de mi balanza vital. Él me dará el equilibrio que me hace falta, eso seguro. Solo con acariciar su

suave crin mientras me mira con los ojos más leales del planeta tendré suficiente. Así que voy directa a los establos, donde encuentro a Toni dando de comer a los caballos y cepillándolos.

—Qué mal te veo, Álex. **¿Todo bien?** —me pregunta, mucho más observador que mi mejor amiga.

—**Lo estaré cuando pase un rato con Tristán.** ¿Está ya guardado en su box?

—Sí, pero puedes pasar.

—¿Y sacarlo a dar un paseo?

Toni cambia el peso de un pie a otro, inseguro.

—María responde por mí, ya lo sabes —digo, recordándole lo que dijo mi profesora de Matemáticas cuando empezó el curso. Aquel día regresé puntual de mi paseo, así que le dijo a Toni que, como premio, siempre que yo quisiera montar a Tristán, ella me daría su permiso.

—Está bien, pero no te retrases, por favor. No puedo estar pendiente del reloj porque tengo a **una alumna que viene cada día entre semana a esta hora** de parte de vuestro profesor para que la ayude y vigile, ya que la pobre no tiene ni idea de montar. Mira, justo llega por ahí.

Toni señala con la mano en dirección a mi espalda, y cuando me doy la vuelta, me encuentro, como si fuera cosa del destino, con **mi compañera de habitación.**

—¿Qué haces aquí? —me pregunta con el ceño

fruncido. Todavía tiene tan mala cara como yo. Me pregunto qué noticias le habrán dado sus padres a ella, seguro que no tan pésimas como las mías.

—Vengo a montar a menudo mi caballo. **¿Y tú?** —digo, aunque ya conozco la respuesta por Toni.

—Me manda el profe de equitación. Supongo que **para que no haga el ridículo el día de la gala...**

Me río porque la he visto en las clases de equitación y lo cierto es que se le da fatal montar. Julia no se lo toma a mal, al contrario, se ríe conmigo, asumiendo que es una realidad. No es la primera vez que me sorprenden sus reacciones, y para bien.

—Pues vamos, montaremos las dos. Yo te enseño —digo sin pensarlo mucho—. **Será nuestro segundo secreto.**

Noto que me mira sorprendida, pero no dice nada y me sigue. Cuando me doy cuenta, estamos cogiendo los trastos que necesitamos para pasar un buen rato cada una en su caballo. Con la silla colocada, la ayudo a subir de un salto sobre Siena, una yegua preciosa de color blanco. Julia pesa tan poco que casi podría subirla en brazos, y le doy tal impulso que por poco acaba montada en la cabeza de la pobre yegua. **Volvemos a reírnos y poco a poco nuestra mala cara se va transformando en una un poco más buena.** Le digo a Toni que yo me encargo de ella, que puede seguir ocupándose del resto de los caballos y que si necesitamos algo le avisaré. El chico me lo agradece con una sonrisa bonita.

Julia y yo nos centramos en los caballos, como si lo demás no existiera. Supongo que ni ella ni yo tenemos ganas de recordar otra vez todo lo que ha sucedido últimamente: la acusación de ayer de Irene y todas las otras cosas que le hemos hecho y que ahora me parecen... **miserables**. Supongo que es una manera de borrarlo y empezar de cero, y que a las dos nos parece bien sin necesidad de decirlo.

—Tienes que coger bien las riendas, firmes, para que el caballo se sienta seguro. Y no le claves el talón con el estribo, a no ser que quieras que eche a correr —le explico mientras damos vueltas dentro de las barreras que limitan el picadero, donde el profesor Marcelo suele darnos las clases, justo al lado de los establos. El sol ha comenzado a ponerse y me fijo en su cara concentrada entre las sombras.

—**¿Tendré que correr en la competición?** —me pregunta, arrugando su nariz.

—No, no lo creo. Al ser tu primer año no te exigirán mucho. Basta con que salgas dando un paseo sin volver loco al caballo.

—Vale —asiente Julia, más relajada.

—¿Hace mucho que montas? —me pregunta de pronto. Se nota que empieza a estar cómoda encima del caballo y también conmigo.

—Desde que era una niña. **A mi padre siempre le gustaron los caballos** y, bueno..., supongo que me lo contagió.

—Entonces estará deseando verte en la gala, **debe de estar muy orgulloso** —dice animada.

—Sí, supongo... —respondo. No le digo que no sé qué pasará de aquí a la gala porque **acaban de meter a mi padre en la cárcel**.

Solo de pensarlo me recorre un escalofrío y me invaden las ganas de llorar, pero miro a Julia y le dirijo una sonrisa forzada. Ella es amable conmigo, así que se merece lo mismo de mi parte y no lo que le he estado dando hasta ahora... He seguido a Irene en su guerra contra ella sin motivo, he sido injusta por ella, y ahora que yo la necesitaba ni siquiera me ha escuchado, y quien está a mi lado en este momento es precisamente Julia, y no porque me lo merezca, la verdad.

Mientras cabalgo con ella, lo decido: hoy es el primer día del resto de mi vida. No soy como Irene ni como mi padre... Yo soy Álex, y no pienso quedarme de brazos cruzados nunca más.

J
Creo que todo va a ir mejor

—Me lo dices y no me lo creo —le digo a Lea, que me mira estirando el cuello, como siempre hace cuando quiere dar énfasis a algo.

—Pues créetelo porque lo ha anunciado Carlota esta mañana bien temprano.

—**¿Cómo es posible que el dinero haya aparecido así, sin más?** —le pregunto mientras damos una vuelta por el jardín. Es nuestra hora de patio de la mañana y Lea ha venido a buscarme para contarme el notición del día y así estuviera un poco más tranquila después de las acusaciones de Irene.

—Supongo que quien lo robó lo ha devuelto... —responde con la mirada fija en el horizonte, como analizando la situación.

—Pues si es quien creo que ha sido..., me resulta **bastante improbable**.

Esta vez Lea no me echa ninguna monserga por no

haberme chivado. Ni siquiera le he contado a ella hacia quién se inclinan mis sospechas. Cuando sucedió todo y le conté que recelaba de alguien, me insistió en que debía contárselo a Carlota, pero como me negué en rotundo alegando que **no soy ninguna chivata**, no ha vuelto a repetírmelo, por mucho que sé que está deseando hacerlo, como ahora, que se muerde el labio para evitarlo.

—Entonces lo habrá devuelto alguien que sabía dónde estaba o que conocía a la responsable —dice mientras con una mano se enrosca su larga y tirante coleta.

—**Quizá sí...** —respondo sin saber quién habría podido hacer algo así.

Y como si el mundo se pusiera de acuerdo para hacernos coincidir a todos en el mismo lugar, de lejos veo a Irene y a Alejandra junto a las pistas de voleibol. Sin embargo, no están divirtiéndose, como suelen hacerlo, sino que están en posiciones enfrentadas: cara a cara, parecen discutir sobre algo gordo a juzgar por sus expresiones de enfado. Irene señala a Alejandra con un dedo acusatorio y esta se defiende apartándole la mano y gritándole algo que no alcanzo a oír desde aquí.

—¿Qué haces?, **¿vigilando a tus enemigas?** —me pregunta Lea, que ha seguido la dirección de mi mirada.

—Bueno, una de ellas podría haber dejado de serlo un poco...

—¿Ah, sí?

—Sí, Alejandra ayer me estuvo ayudando con la competición de hípica. **Fue amable conmigo por primera vez.**

Lea asiente, muy satisfecha.

—Parece que hoy la mañana está llena de buenas noticias.

Suena el timbre indicándonos que debemos volver a clase, así que me despido de mi gobernanta y me dispongo a entrar para ir a la clase de Francés y revisar un poco los apuntes antes de que empiece. No es que los idiomas se me den horriblemente mal, pero no son mucho lo mío, y con el francés acabo de empezar. En mi colegio hacía inglés y, bueno, aprobaba por los pelos... Antes de entrar, sin embargo, me encuentro con Adrián. Al instante **siento que mi corazón late más fuerte.**

—¿Qué tal, Julia? —me saluda con esa sonrisa suya que me deshace.

—Bien...

Y, de pronto, me doy cuenta de que todavía no le he respondido a su pregunta sobre el baile, y que es tan buen chico que no ha vuelto a insistirme. Entonces decido hacer algo, luchar, y aferrarme a las cosas buenas que tengo aquí, **como él.** Siento que se unen todos los miedos del mundo en mi interior, pero me obligo a seguir.

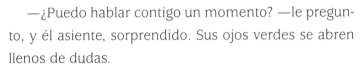

—¿Puedo hablar contigo un momento? —le pregunto, y él asiente, sorprendido. Sus ojos verdes se abren llenos de dudas.

—¿Estás bien? ¿Ha pasado algo más con Irene?

—No, no; no tiene nada que ver con Irene.

—Ah, mejor. —Sonríe mucho más relajado.

Así que cojo aire y, sin pensarlo más, lo suelto todo.

—**¿Todavía quieres ir al baile conmigo?** —le pregunto con cautela, y antes de que pueda responder, me desdigo un poco—: Porque entendería perfectamente que no quisieras, de verdad, no pasa nada, no me importa...

—**Sí que quiero**, claro, si no, no te lo habría pedido.

—Vale —respondo soltando el aire que se me había quedado encallado en el pecho y, sin poder remediarlo, sonrío—. Vamos juntos al baile.

—¿Sí? —pregunta abriendo mucho los ojos, visiblemente emocionado.

Mientras asiento para que sepa que todo esto va de verdad, Adrián se pasa la mano por el pelo, nervioso, y sonríe satisfecho. Y me doy cuenta de que **cada vez que esa sonrisa le ilumina la cara, se ilumina mi pecho también**.

—Entro en clase, Adrián. Nos vemos luego —digo, después de comprobar en el reloj que ya casi es la hora, y buscando una excusa para acabar ese momento de tensión.

Pero cuando entro en la clase, que todavía está vacía, me encuentro con algo que no esperaba: en la pizarra hay escrita una frase en letras gigantes. Aunque está en francés, puedo comprender rápidamente lo que pone: **«El padre de Álex es un delincuente».** Sin pensar, me giro y veo la cara de Alejandra, quien se ha quedado paralizada al entrar en el aula. Deduzco que habla de ella y, como veo que está bloqueada, incapaz de moverse, me sale por instinto coger el borrador y borrar lo escrito. **Solo ella y yo lo hemos leído,** y bueno, quien sea que lo haya escrito, porque no es hasta que dejo la pizarra limpia como una patena que empiezan a llegar las compañeras para tomar asiento.

Alejandra y yo no intercambiamos ni una palabra, pero veo que **está muy afectada por lo sucedido**. Me gustaría acercarme para decirle algo, pero enseguida llegan sus amigas y se sientan cada una en su sitio. Sin embargo, hoy no hay bromas ni risas, parece que se mantiene el mal rollo que he visto en el patio hace un rato, al menos por parte de Alejandra, que se queda quieta en su silla, con los ojos clavados en la mesa, mientras Irene, Leyre y Norah chismorrean entre ellas. **Me pregunto qué ha debido de pasar exactamente.**

No veo a Alejandra el resto del día, ni siquiera en el comedor, solo a sus amigas. Cuando después de la cena voy a la habitación para acabar unos deberes antes de acostarme, me la encuentro tumbada en la cama con el uniforme todavía puesto. Me pregunto si estará ahí desde que acabó la clase de francés, si no se habrá movido desde entonces.

—Hola —la saludo con cautela.

—Hola —responde ella con la mirada en el techo del dormitorio.

—**¿Cómo estás?**

Se encoge de hombros y se tapa la cara con las manos, y eso me indica que probablemente haya llorado. Me siento en la cama despacio y espero sin presionarla a que ella esté preparada para hablar. No tarda más que unos minutos en hacerlo.

—**Ayer fue el peor día de mi vida.**

—¿Y eso? —me atrevo a preguntar, ya que intuyo que necesita contármelo.

Sin cambiar de posición y sin mirarme directamente, empieza a hablar sin prisas, pero con la voz afectada, como si le doliera cada palabra y a la vez hubiera estado esperando el momento oportuno de soltar toda esa carga.

—**Me enteré de que han metido a mi padre en la cárcel por fraude.**

—Lo siento... —digo sinceramente, porque no es una noticia como que has suspendido un examen o has perdido un calcetín...

—Ayer hablé con mi madre y me lo contó todo. Parece que vamos a tener que desprendernos de muchas cosas, pero sobre todo siento que he perdido la confianza que me quedaba en mi padre, en mi familia... Y eso no es todo: cuando fui a contárselo a mi mejor amiga, a Irene, estaba demasiado ocupada para atenderme. Esta mañana, he hecho algo que no le ha gustado nada, y cuando le he explicado mis motivos, se ha reído de mí en mi cara.

—**¿Por qué?**

—Porque le he explicado que mi padre estaba arrestado y que yo no quería acabar convirtiéndome en una delincuente como él.

Me quedo pensando en qué puede ser eso que Alejandra ha hecho para disgustar tanto a Irene y, antes de llegar a una conclusión, ella se confiesa.

—**Devolví el dinero de la gala,** Julia. Lo tenía ella, pero tú eso ya lo sabías, ¿no?

—Algo sospechaba... —digo.

—Gracias por no chivarte.

—**Hicimos una promesa, ¿recuerdas?** Nada de hablar de ese día por la noche. Solo la he cumplido.

Alejandra sonríe, y añade:

—No te merecías la acusación de ladrona, Julia, lo siento, y tampoco te merecías todo lo que te hemos hecho pasar... Pensándolo bien, no soy tan diferente a mi padre.

—**Todos cometemos errores, Alejandra.**

—**Álex** —me corrige.

—Vale, Álex... —Le sonrío antes de continuar—. Pero tú no eres la que ha cometido fraude.

—Ufff, te equivocas, he hecho cosas peores...

Cuando la miro con el ceño fruncido, se incorpora y se sienta en la cama con la espalda encorvada, como si estuviera preparándose para una ardua tarea.

—**¿No te suena la Sociedad del Candado Dorado?** —me pregunta.

—Bueno, algo he oído por ahí, pero pensé que sería una leyenda... —respondo, recordando mi conversación con Lea sobre ese tema hace solo unos días.

—No es ninguna leyenda, **somos nosotras**; nos dedicamos a vender cosas prohibidas aquí, en el internado. Y yo formaba parte de ese grupo, hasta hoy... Como a Irene no le ha gustado que devolviera el dinero porque ya no puede comprarse sus preciosas joyas para el baile, las que supuestamente eran mis mejores amigas me han echado. Ni siquiera se han molestado en preguntarme cómo estoy después de lo sucedido con mi familia, y ya has visto lo que alguna de ellas ha escrito en la pizarra esta mañana. Pero creo que todo tiene su parte buena... **Estoy harta de líos y no quiero acabar entre rejas, como mi padre.**

Me quedo con la boca abierta, sin saber qué decir.

—Bueno, y ¿qué... qué cosas vendíais? —pregunto cautelosa, porque tampoco quiero parecer una cotilla.

—Maquillaje, comida basura, exámenes... De todo un poco. Era divertido, hasta que he comprendido lo que conlleva saltarse las reglas tan a la ligera. **A veces nos tienen que dar un puñetazo en las narices para abrirnos los ojos de golpe.**

Asiento todavía asombrada. Álex se está abriendo tanto a mí que tengo que acostumbrarme a esta sinceridad y hallar la manera correcta de reaccionar sin que vuelva a cerrarse de golpe otra vez.

—Creo... creo que has tomado una buena decisión, Álex. Es decir, si es lo que tú querías, seguro que está bien.

—Sí, ahora sé qué quiero. Y voy a seguir adelante, aunque me haya quedado sin amigas.

Nos quedamos en silencio un rato, mientras mis pensamientos se ordenan y ella parece asumir que acaba de abrirse en canal ante una medio desconocida.

—Bueno, si yo te sirvo, **me tienes para lo que necesites** —digo con la intención de hacerla sentir algo mejor, sentándome a su lado y apoyando mi mano sobre la suya instintivamente. Y la manera en que Alejandra, o Álex, como prefiere que la llame, me mira me da a entender que acabo de decir justo lo que necesitaba escuchar.

—Gracias, Julia. De verdad —me sonríe agradecida.

Y de repente, ya no estoy sola. Y este lugar ya no me da tanto miedo. Así que, cuando me meto en la cama, concilio el sueño por primera vez rápidamente, y algo me dice que a partir de ahora todo irá mejor.

A
Amistad de verdad

La vida puede dar mil vueltas. Ahora lo sé. Si alguien me hubiera dicho hace dos meses que acabaría teniendo a **Julia como persona favorita del mundo**, le habría dicho que estaba loco. Y hubiera estado equivocada, porque eso es exactamente lo que me ha pasado. Desde que todo el colegio supo lo sucedido con mi padre, la gente, la misma que antes me reía las gracias y me decía cuánto me quería, comenzó a cuchichear y a mirarme y a comportarse como auténticos imbéciles. **Todos menos Julia. Ella hizo justo lo contrario: convertirse en mi sombra.**

A partir de la noche en que le confesé mi horrible situación y le pedí perdón, Julia comprendió que yo no debía estar sola, y lo ha remediado estando a mi lado en todo momento, y también defendiéndome cuando le parecía que la estupidez humana, y la mala educación, llegaban a niveles descontrolados. Con esa voce-

cita dulce y esa cara de ángel, tiene su mala leche, y si ha de mandar callar a alguien, lo hace. Eso me gusta, y le estoy enseñando a hacerlo sin que se ponga colorada.

También la ayudo a dejar de lado sus timideces e inseguridades, y, en parte por eso, estamos hoy sentadas comiendo con Adrián y sus amigos. Porque es lo que ella quiere; **me ha confesado cuánto le gusta**, aunque todo empezara como una simple amistad. Y a su vez él está coladito por ella, estoy segura, no hay más que fijarse en cómo la mira todo el tiempo, en cómo busca su atención...

—**¿Qué tal os fue el examen de mates?** ¿Haréis recuperación al final? —pregunta de pronto Sergio, uno de los amigos de Adrián, el que parece dos cursos más pequeño de lo bajito que es. Casi me llega por la cintura...

Y es que hoy María ha anunciado que los que sacamos tan mala nota en la prueba de Matemáticas de hace unas semanas, podremos recuperarlo en un examen que hará en un par de días.

—Ufff, a mí fatal —reconozco, negando con la cabeza—, así que probaré suerte otra vez. Aunque creo que ni la caridad de María me ayudará a aprobar este trimestre... **¿Alguien puede entender de verdad cómo funcionan las fracciones?**

—Solo son partes iguales de una unidad —contes-

ta Julia en cuanto se traga el último trozo de pollo al curry. Lo dice como si fuera lo más sencillo del mundo.

—Qué asco das... —suelto sin pensarlo, y como ya me conoce un poco y sabe que a veces soy un poco bruta y malhablada, no se lo toma a mal, **sino que se ríe, y yo con ella**.

—A mí igual, es una asignatura con la que no puedo —confiesa Adrián—, y eso que... —se calla y se lleva el tenedor a la boca, antes de continuar; yo sé qué iba a decir, pero imagino que Julia no, y se corta. Sin embargo, ella no es tonta, y quiere saber.

—**¿Y eso que qué?** —pregunta, curiosa.

—Bueno, es que... —empieza a hablar, pero se pone nervioso. Se pasa la mano por el pelo castaño y aparta la mirada de Julia, que me mira a mí sin comprender qué pasa.

—**Le compró un examen a Irene** —suelto sin pensarlo, y Adrián me mira y aprieta la boca llena de comida, enfadado—. Lo siento, tío, pero es mejor no guardar secretos. Seguro que al final iba a acabar enterándose.

—Aun así, podías haberme dejado contarlo a mí —protesta, apretando la mandíbula.

—No pasa nada, lo entiendo —dice Julia, poniendo paz, y todos nos quedamos con la boca abierta, literal. Las reacciones de esta chica me pillan siempre desprevenida, nunca le sorprende nada.

—¡¿Cómo?! —pregunto quizá demasiado alto. Y me limpio la boca con la servilleta de papel para disimular.

—Pues que lo entiendo. **A veces buscamos el camino fácil.** Pero no entiendo por qué, si le compraste el examen, has suspendido —le pregunta a Adrián, que vuelve a mirarla como si fuera un precioso paisaje del que no quiere perderse detalle.

—Pues ya ves... Irene me la jugó, porque el examen que estudié no tenía ninguna pregunta que se pareciera siquiera a las que al final salieron.

Cuando Julia asiente, como aceptando la información, Adrián vuelve a hablar rápidamente.

—**Pero me arrepentí**, y no solo porque me engañara. No me gustan las trampas, por eso me dedico a la natación, porque ahí no hay manera de meter la pata. Y por eso me puse tan nervioso aquel día que te ofreciste a ayudarme a estudiar en la biblioteca. Fui borde contigo porque estaba desesperado, y no sabes cuánto lo siento. —Pone las manos en forma de ruego, y Julia asiente complacida. Después, Adrián continúa hablando—: Total, que ahora me toca prepararme para el examen... de verdad —le dice a Julia directamente, como si le estuviera haciendo una promesa solo a ella.

—Es una buena decisión —contesta mi amiga con una sonrisa tímida, y él se la queda mirando embobado.

—Supongo que tú habrás sacado un diez y no tienes que presentarte otra vez, ¿no? —le pregunto a Julia, y ella me mira encogiéndose de hombros.

—**Los números se me dan bien, no como los caballos.** Nos reímos las dos porque, a pesar de que practicamos juntas dos o tres días por semana desde el día que coincidimos en los establos, no parece conectar con el animal de ninguna manera. Solo hemos conseguido que su cuerpo haya dejado de estar rígido sobre el caballo, y que se mueva de forma algo más natural. Aunque a veces parece que se le vaya a desencajar la cabeza, pero algo es algo.

—¿Queréis que os eche una mano con la recuperación? —dice antes de dar un sorbo a su vaso de zumo.

—**Pues claro.** Por intentarlo que no quede, aunque ya te digo... hará falta un milagro —respondo—. ¿Os apuntáis? —pregunto, mirando directamente a Adrián, porque sé que a Julia le gustará la idea. Noto, sin embargo, que me da una patada por debajo de la mesa. Bueno, por lo menos ha conseguido controlar que no se le incendien las mejillas de la vergüenza.

—Sí, me vendrá bien que alguien me aclare algunos conceptos —dice él, y vuelvo a verle nervioso. Me encanta, porque cada vez tengo más claro que **estos dos acabarán juntos**.

—Pues nos vemos todos después de clase en la biblioteca. Veréis que no es tan complicado como parece —intenta animarnos Julia.

—**No, lo será todavía más** —suelto yo, y los demás se ríen.

Me siento cómoda con todos ellos. Parecen haber olvidado que soy la hija de un delincuente, incluso me hacen olvidarlo a mí por momentos. **¿Será esto la amistad de verdad?**

Tal vez sea por lo que nos reímos mientras estudiamos juntas, pero **Julia consigue que las matemáticas dejen de producirme urticaria**. Después de dos noches estudiando con ella, Adrián y los demás, me siento preparada para el examen de hoy. Y es la primera vez que digo

una cosa así. Para mí las matemáticas han sido siempre como un cuadro abstracto al que no le encuentro el significado por ningún lado, pero, gracias a Julia..., ya sé ponerle hasta el título.

Sentada en mi silla, recuerdo cómo utilizaba los pósits de colores para diferenciar los tipos de fracciones: naranja, amarillo, verde, azul..., un arcoíris entero, y, sin darme cuenta, asocio sin problema cada color con su correspondiente clase de fracción. ¿De dónde sacará todos esos papelitos? Sergio se lo preguntó un día, y ella respondió como si nada: «Pues de una papelería normal y corriente».

Todos nos reímos, porque ella es así, transparente.

Adrián la miraba asombrado mientras hablaba clara y tranquilamente de denominadores y numeradores, y poco a poco sus palabras comenzaron a calar dentro de nuestras cabezas.

María coloca el examen en mi mesa y me desea suerte, y creo que esta vez la suerte va a sonreírme de verdad.

—**La necesitará. Quizá así aprende a contar el dinero que debe su padre** —escucho que dice a mi espalda Irene, quien, por supuesto, también tiene que repetir el examen. Procuro ignorarla, como llevo haciendo las últimas semanas. Sé que intenta dar donde más me duele, pero no dejo que vea cuánto me afectan sus palabras.

—**A la próxima te vas fuera y con suspenso, Irene** —le advierte María, y mi examiga se calla al fin.

Me concentro en los ejercicios que tengo frente a mí. Leo bien los enunciados y, cuando tengo que escribir la respuesta, escucho la voz cálida de Julia dándomela. **He dejado de escuchar la de Irene; para mí, se ha callado para siempre.**

J

Juntas podemos con todo

—¿Preparada? —me pregunta Álex con una sonrisa.

—No mucho, pero haré lo que pueda.

—**Tienes a tu admirador ahí mirándote embobado.** —Empieza a imitar a Adrián y yo le doy un codazo para que pare—. Bueno, tú no le defraudes —dice entre risas.

Ahora nos toca a nosotras y a otras cinco chicas que se disponen a hacer una pequeña carrera con los caballos en el hipódromo cuando Marcelo dé la señal. Solemos hacer la clase en el picadero, pero hoy el profesor quiere hacernos una prueba, hemos de poner el caballo al galope. Coloco los pies en los estribos, me inclino hacia delante cogida a las bridas de mi yegua Siena y miro a Álex, que me **levanta el pulgar para darme ánimos.** Después miro brevemente a Adrián, que espera su turno junto a su caballo. Me devuelve una sonrisa encantadora. **Tengo que concentrarme en**

el caballo, me digo, porque si no dejaré que las mariposas de mi estómago se lleven mi concentración a otro lado y no quiero hacer el ridículo, ¡no delante de él!

Cuando oigo el pito, aprieto los tobillos sobre el lomo de Siena sin pensarlo más y trato de mantenerme relajada, a pesar del movimiento brusco que reciben mis caderas. El viento hace que me piquen los ojos y los entrecierre, pero sigo agarrada a las bridas con la mirada puesta delante.

Me doy cuenta de que Álex no se aleja demasiado de mí, preocupada. Si no fuera por mí estaría a la cabeza de la carrera, así que, aunque sea solo por ella, procuro que Siena vaya algo más rápido dándole otra vez con los talones. **«Tú puedes, Julia, tú puedes...»**

No es hasta que alcanzo la meta, tan derrotada que me abrazo al cuello de Siena para relajar un poco los músculos, cuando descubro quién es la ganadora.

Irene nos mira con la cabeza bien alta y unos aires de grandeza que parece que estén a punto de entregarle una corona. **No puedo evitar dirigir mis ojos a Adrián**, que presencia toda la actuación. A pesar de que sé qué opina de ella, sigo sintiéndome insegura con esta chica, pues desprende un aura de seguridad que nos aplasta a las demás y me hace sentir más pequeña de lo que soy. Sin embargo, Adrián no la mira a ella, me mira a mí y me levanta el pulgar para felicitarme por el

ejercicio. Sin poder evitarlo, siento que las mejillas me empiezan a arder.

—**Eh, ¡lo has hecho muy bien!** —exclama Álex, que ya ha desmontado, ayudándome a bajar de Siena.

—Siento haberte retrasado —me disculpo. Álex debería ser la ganadora y por mi culpa se ha quedado de las últimas.

—No pasa nada. Quería asegurarme de que no acababas cogida a la cola de la pobre Siena —dice mi amiga, y las dos nos reímos, a pesar del extremo cansancio. Nunca pensé que montar un caballo pudiera ser tan agotador...

Cuando ya estamos las dos fuera de la pista, Irene pasa por nuestro lado contoneándose. Álex me mira entornando los ojos, gesto que no le pasa desapercibido a la susodicha, ya que aprovecha para hablarnos, o escupirnos, porque para lo que suele soltarnos...

—¿Qué pasa? ¿Tenéis envidia? —se burla—. Tranquila, Álex, tú y tu caballito podréis intentar luciros dentro de una semana. **Qué pena que tu padre sea un criminal y siga en la cárcel, ¡no podrá verte competir...!** ¿O debería decir verte perder? ¡Otra vez será! —dice antes de darse la vuelta y seguir caminando hacia donde Leyre y Norah la esperan ya sin sus cascos.

Álex se ha quedado inmóvil. El tema de su padre sigue siendo delicado e Irene lo sabe. Quiere hacerle daño a toda costa y le da donde la herida todavía está fresca.

—No le hagas caso —trato de animarla.

—No, tiene razón, **no podrá venir**. El juez no le ha puesto fianza, le ha metido en la cárcel directamente —explica, aguantándose las ganas de llorar, lo sé.

Se aparta el pelo de la cara con un movimiento de cabeza y nos alejamos de Irene y sus víboras para poder hablar tranquilas.

—Lo siento... —digo con todo mi corazón.

—Yo también. **El caballo era lo único que teníamos en común, y ahora...**

—¿Qué?

—Pues que si él no viene a verme, **no sé ni para qué voy a competir...**

—¿Cómo que para qué? **¡Pues para ti!** —exclamo, confusa.

Álex baja la mirada a sus manos y se encoge de hombros, perdida.

—Vamos a ver... ¿Montar a Tristán no es lo que más te gusta hacer en el mundo?

—Sí.

—Entonces, ¿por qué ibas a dejar de hacerlo? **Monta por ti, porque lo disfrutas, porque te hace sentir bien, y por nadie más.** No eres tu padre y tú puedes seguir disfrutando de tu vida en libertad.

Traga saliva y mueve la cabeza todavía indecisa.

—No sé... Supongo que tienes razón.

—La tengo.

Mi amiga se vuelve para mirarme y me pregunta con media sonrisa:

—¿Desde cuándo sabes tanto?

—**Desde siempre, pero no te habías dado cuenta.**

Ríe y yo también. Se la nota mucho menos tensa y más contenta. Me gusta hacer que se sienta mejor, porque se lo merece, vale mucho más de lo que tiene metido en esa cabezota suya. Todavía no me puedo creer que sea la misma persona con la que compartí mi habitación el primer mes y medio en Vistalegre, y es que

a veces las personas te sorprenden. Al final, mi padre resultó tener razón y necesitaba el otro cincuenta por ciento de este primer trimestre para descubrir realmente este lugar y a su gente. Se lo dije cuando hablé con él hace unos días. Jamás olvidaré la alegría en su voz cuando me recordó **lo orgulloso que estaba de mí**. Y tengo que reconocer que yo también lo estoy un poco. Ya no le tengo tanto miedo al día de la gala, porque gracias a Álex es posible que no haga el ridículo durante le exhibición de equitación, y gracias a Adrián ya no tendré que bailar sola después.

Es precisamente por esto último que este fin de semana Álex me arrastra al pueblo; objetivo: encontrar nuestros vestidos para la gran noche. Debido a los problemas de su padre, su tarjeta se ha vuelto un trozo de plástico inútil que no acepta ningún comercio, y como **yo tampoco puedo gastarme un dineral en un vestido que me pondré una vez en la vida, nuestras opciones se ven reducidas a una sola tienda: de segunda mano y en liquidación**.

Mientras examinamos las prendas del escaparate antes de entrar, la mala suerte toca a nuestra puerta... o a nuestro hombro, más bien dicho: Irene y su séquito se acercan a Álex hasta que ella se gira.

—**Pues sí que has bajado de nivel, Álex... ¿Las pulgas son los nuevos diseñadores de moda?** —suelta Irene, haciendo como si le picase el jersey.

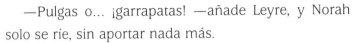

—Pulgas o... ¡garrapatas! —añade Leyre, y Norah solo se ríe, sin aportar nada más.

—Por lo menos me aseguro de que nadie me detiene en medio del baile por haber **robado el dinero para mi vestido** —le suelta Álex a Irene, y veo que esta abre tanto los ojos que parece que se le vayan a salir de su sitio. Pero no se rinde:

—¿Te refieres a robar... **como tu padre?** ¿El que está en prisión? ¿O eso no lo sabe tu nueva amiga?

Álex se queda paralizada por un momento, pero yo reacciono al instante:

—Sí que lo sé, y si fuese tú, **me fijaría en su ejemplo si no quieres acabar igual...**

Su expresión divertida muta de inmediato hacia la ira. Nos mira a las dos con tal odio que casi puedo tocarlo. Sé que lo que de verdad le molesta no es que le haya dado a entender que conozco sus actividades fuera de la ley, de las cuales se enorgullece, sino ver que entre Álex y yo la amistad es real: **no voy a irme de su lado por los errores de su padre.**

Cuando Irene coge el brazo de sus amigas para alejarse de nosotras con paso apresurado, Álex y yo nos miramos satisfechas y chocamos las manos en el aire. ¡Juntas podemos con todo!

Entramos en la tienda. Aunque no tiene pulgas, sí que acumula un poco de polvo. ¡Es realmente ropa de otra época! La falda de cuadros hasta los tobi-

llos que yo he elegido me tapa hasta la uña del dedo gordo.

—**Pareces una vieja escocesa** —me suelta Álex al verme salir del probador, y yo me troncho de la risa.

—Pues anda que tú... Un poco más de vuelo al vestido y podrías salir volando de tu boda ideal —digo, señalando el vestido blanco y vaporoso que lleva puesto.

Nos cuesta dar con el modelo que necesitamos, pero lo conseguimos. En cuanto veo a Álex apartar la cortina del probador y salir con ese vestido de algodón y tul de color verde con escote a la espalda en pico sé que es el definitivo y se lo digo. Casi al mismo tiempo, yo encuentro uno sencillo de color negro con falda abombada y bolsillos. ¿Y lo mejor...?: **¡su precio!** La dependienta nos hace un dos por uno que pagamos con el efectivo que hemos reunido entre ambas. Como diría mi hermano: ¡reto superado!

Estamos las dos eufóricas, e Irene y los demás problemas ni siquiera nos hacen sombra. **Nos tenemos la una a la otra, ¿qué más podemos pedir?** Y cuando pienso que me encantaría tener mi móvil aquí para hacernos unas fotos para inmortalizar este día, Álex parece que me lee la mente:

—**¿Nos hacemos unas fotos?** ¿O es demasiado *vintage*? —me pregunta señalando un fotomatón.

—Acabamos de comprar unos vestidos de hace

treinta años como mínimo… ¡Creo que esta máquina no podría ser más adecuada!

Mientras nos hacemos las fotos poniendo poses raras entre broma y broma, lo confirmo: como los vestidos o esta máquina de fotomatón, nuestra amistad será para siempre.

El momento de la verdad

Hoy es el gran día, **la gala de Navidad**. No he dormido nada, y eso no me suele pasar. Cuando abro los ojos y veo el sol reluciente a través del gran ventanal de nuestra habitación, lo que en realidad me apetece es darme la vuelta, taparme la cabeza con la almohada y dormir un poco más, pero mi mente no para de maquinar... Y eso que no hace más que un puñado de horas que he conseguido conciliar el sueño.

Estoy nerviosa, no puedo evitarlo. Mi madre me ha dicho que estaba muy liada con las gestiones patrimoniales de mi padre, pero que haría todo lo posible por venir a verme esta tarde a la competición, y aunque sé de sobra que mi padre no podrá venir seguro porque está entre rejas, todavía me queda una pequeñísima esperanza de que, de alguna manera, el alcaide o quien sea el mayor responsable de la cárcel se apiade de él y de sus insistentes súplicas (al menos yo me lo imagino así) para que le dejen asistir a la competición de su hija, y aparezca por sorpresa solo para verme a mí. ¿Qué pasa? **Soñar es gratis, y ahora mismo es lo único que puedo permitirme, literal y metafóricamente.**

Aunque me dé vergüenza reconocerlo, no solo me preocupa eso: también será la primera vez que asisto a un acto público lleno de gente millonaria, mientras que yo soy pobre... ¿Se darán cuenta de que mi vestido es de segunda mano? Sé que puede sonar muy superficial, pero en poco tiempo todo mi mundo ha cambiado y apenas he tenido tiempo de acostumbrarme. Mi visión del dinero es ahora muy distinta gracias a Julia, pero aun así... No puedo decir que no lo eche de menos, lo hace todo mucho más fácil. Demasiado, quizá. Aunque, la verdad, **nunca podría haber comprado los momentos que me hacen recordar las fotos de fotomatón que tenemos colgadas en la pared de la habitación**, en las que Julia y yo salimos haciendo el payaso, como ya es tradición.

Paso todo el día con ella, aunque la verdad es que estoy bastante distraída, y cuando me doy cuenta, me he comido todas las uñas. Por suerte, el tiempo pasa rápido, porque se me hace un mundo oír cómo la gente habla de la gran noche, de su familia, los vestidos, el baile... **Este es el primer año que voy sin pareja**: es lo que tiene haberme convertido en alguien con quien ninguna madre quiere que su hijo baile.

Pero ahora todo eso no importa: **lo único importante es la competición de equitación.** Cuando aún falta más de media hora para el gran momento, decido vestirme rápido para pasar un rato con Tristán y los otros caballos mientras el resto de las chicas y chicos se preparan. Así me ahorro que se me peguen sus nervios, y quizá pueda echarle una mano a Toni si está apurado con los preparativos. Eso sí, con cuidado de no mancharme mi bonito traje de competición. **Me lo regaló mi padre** hace un par de años, cuando me quedó pequeño el que tenía antes, y lo cierto es que me encanta: los pantalones de listas grises y negras, la camisa blanca bordada y la chaqueta entallada de color negro, con el cuello de ante verde y los botones plateados.

Ya a las puertas de los establos, me sorprende no encontrar a Toni, pero entro igualmente por si está ocu-

pado preparando a los caballos, pues la gente está empezando a llegar al hipódromo. Estoy a punto de entrar en el box donde descansa Tristán cuando oigo el relincho del caballo de al lado. No es un relincho normal, sino el que hacen cuando están muy nerviosos. Sé reconocerlo bien porque es peligroso montar un caballo cuando está así. Me asomo para intentar relajarlo y me encuentro con alguien que no es Toni agachado junto a las patas, **alguien que no debería estar allí**.

—¿Qué haces? —le pregunto a **Irene**, pues podría reconocer su larga trenza negra a kilómetros de distancia.

—¡¡¡Qué susto!!! —exclama incorporándose de un salto.

Cuando me fijo en que sus manos brillan por tenerlas impregnadas de alguna sustancia, sospecho que algo trama, aunque no sé bien qué... y empiezo a negar con la cabeza.

—¿Qué es eso...? —pregunto.

—Nada. Solo estaba limpiándolo un poco al pobre. No sé cuánto debe hacer que no le dan un baño —suelta. **Pero yo no la creo, claro.**

Así que cojo un poco de esa sustancia pegada en las patas del animal y en el heno del suelo, y veo... que **es vaselina**. La misma que tantas veces hemos usado para hacer trastadas juntas, como cuando se la pusimos en la silla del bibliotecario y se quedó con el culo reluciente. Cómo le gusta a Irene este pringue.

Todas las patas del caballo están untadas, también las herraduras. Me horrorizo al atar cabos y descubrir que su intención es provocar un accidente en la competición. ¿Hasta dónde puede llegar?

—**¿Estás loca?** —le pregunto con los ojos como platos.

—¿Qué pasa? **Solo es una broma.** Venga, si me ayudas a acabar, tu caballo y el mío serán los únicos que se libren, y nos echaremos unas risas juntas, como en los buenos tiempos —dice mirándome, mientras le quita importancia a su plan.

—¿Has puesto vaselina en las patas de todos los caballos? Pero ¿qué te pasa? **¡¡¡Es muy peligroso!!!**

—¡Bah! Pensaba que aún podíamos pasarlo bien juntas, pero veo que **ser pobre te ha hecho aburrida**.

—Yo seré pobre, pero tú eres mala persona. ¿Tan vacía estás por dentro que tienes que llenarte haciendo daño a los demás?

Irene se me queda mirando callada. Sé que eso le ha dolido.

—Pues hasta hace muy poco tú debías de estar tan vacía como yo... —dice muy seria.

—Sí, pero ya no. **Eso se acabó para mí.** Y ahora vete de aquí o aviso a Carlota.

—Ah, que ahora también eres una chivata... Te tiene bien enseñada esa nueva amiga tuya, la mosquita muerta.

Cierro los puños para evitar soltar un grito, porque sé que le gustará verme disgustada, verme vulnerable frente a ella.

—Sí, y todavía tengo mucho más que aprender de ella.

Irene asiente en silencio.

—**Ya veo que has elegido bando** —suelta acercándose mucho a mí, como para ponerme a prueba.

—Debí haberlo hecho hace tiempo.

Cierra los ojos como si acabara de darle una bofetada. Supongo que es así como se siente, como si la hubiese abofeteado, porque me da la espalda y se aleja de mí.

Al ver cómo se va la que hasta hace poco creía que era mi mejor amiga, pienso en todo lo que vivimos juntas, tantos años de amistad al retrete, y hay una parte que me duele. Aunque nada de eso importa ya: **lo que importa es el presente, el aquí y el ahora.** Tengo que limpiar las herraduras que están manchadas, ya que solo hace falta mirar los demás caballos para ver que Irene tenía el trabajo bastante adelantado. No puedo permitir que monturas y jinetes, mis compañeros, compitan en estas condiciones, así que busco un trapo y un poco de agua para intentar limpiar la vaselina. Voy lenta, pero es la única manera que se me ocurre de solucionarlo..., y solo faltan quince minutos para que comience la competición.

Estoy en plena faena, peleándome con esa cosa pegajosa que no quiere abandonar el titanio de las herraduras, cuando oigo a alguien que grita mi nombre:

—¡**Álex!**

Esta vez no es Irene, ni mucho menos.

Me levanto y salgo corriendo para encontrarme con Julia, que viene acompañada de Toni.

—No te encontraba, ¿estás lista?

Cuando Julia me ve la cara y mi preciosa ropa llena de heno, me pregunta:

—¿**Qué te ha pasado?**

Se lo resumo y no me hace falta extenderme mucho para que se una a la faena sin dudarlo. Igual que Toni,

que no para de disculparse por haberse alejado un momento del establo para cenar antes de la competición, pues él no está invitado a la gala.

—**Tú no tienes la culpa de nada.** Aquí la única culpable es quien tú ya sabes...

A Toni se le ocurre raspar las herraduras con un cuchillo sin afilar antes de darles con agua, y así lo hacemos para que no queden restos. Julia al principio se muestra desconfiada y cada vez que el caballo se mueve un centímetro se aparta hasta casi la puerta porque dice que le dará una coz. La comprendo. Son unos animales grandes que impresionan si no estás habituada a ellos. Cuando ve que no le hacen daño, porque están acostumbrados a que Toni los trastee y que los monten todos los alumnos, se va relajando. Entre los tres conseguimos que las herraduras de los caballos queden limpias de vaselina.

—**Dos minutos** —me suelta Julia, mientras estoy limpiando el último de los animales afectados. Hay un trocito que no sale y me está costando.

—Pues que esperen —digo, cabezona yo. Lo primero es lo primero..., y Julia se queda a mi lado, esperando.

Justo cuando termino oímos los vítores de la gente que ya está en el hipódromo, esperando a que empiece la competición.

—**Tenemos que sacar los caballos ya** —nos urge Toni, nervioso, y nosotras le damos la razón.

Él se encarga de organizarlos a todos mientras Julia y yo nos quitamos los restos de heno, nos peinamos un poco la una a la otra y nos adecentamos la cara como podemos.

—¿Qué tal estoy? —le pregunto a Julia, un poco preocupada por si al final han venido mis padres y me ven con malas pintas.

—**Fabulosa** —dice ella, y yo decido creerla, por muy increíble que me parezca.

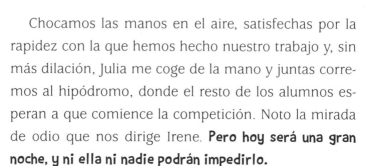

Chocamos las manos en el aire, satisfechas por la rapidez con la que hemos hecho nuestro trabajo y, sin más dilación, Julia me coge de la mano y juntas corremos al hipódromo, donde el resto de los alumnos esperan a que comience la competición. Noto la mirada de odio que nos dirige Irene. **Pero hoy será una gran noche, y ni ella ni nadie podrán impedirlo.**

Una vez que Carlota hace la presentación de la competición, los alumnos van saliendo con normalidad para hacer los ejercicios ensayados con los caballos. No hay ningún traspiés ni mal paso que suponga un riesgo, y yo cojo muy fuerte la mano de Julia para darle las gracias: **sola no lo hubiese conseguido nunca, pero juntas somos invencibles.**

Desde aquí atrás no alcanzo a ver bien las gradas, pero cuando me llega el turno y subo sobre Tristán, intento buscar entre la gente la cara orgullosa de mi padre, como todos los años. Reviso las gradas una a una, visitante por visitante. Casi no oigo ni el aviso de que debo empezar mi demostración, porque resulta que no solo no ha venido mi padre, sino que tampoco veo a mi madre. Es decir, no ha venido nadie a verme. ¿Cómo es posible? **¿Tan poco importo?**

Intento concentrarme en hacer bien el contragalope, que es lo que me toca ahora, pero me está costando porque mi mente se encuentra en otro sitio. Noto que Tristán me busca para que le guíe, y yo me cojo

bien a las bridas todavía un poco desorientada. Veo la cara desconcertada de los jueces, que no saben muy bien qué estoy haciendo, y un murmullo que empieza a extenderse por el público. Creo que debería abandonar, dejarlo todo. Total... ¿Por qué estoy aquí? Si mi padre no ha venido a verme y mi madre tampoco, no sé qué hago subida a este caballo. Entonces me encuentro con la mirada preocupada de Julia, que desde donde espera su turno, intenta insuflarme ánimos levantando el pulgar en el aire y recordándome por qué estoy aquí realmente. En su boca leo: **«Tú puedes»**.

Y decido que tiene razón. Que yo puedo, que **estoy aquí por mí misma y por nadie más**. Adoro montar a Tristán, adoro esta competición, y voy a participar en ella porque quiero, no porque espere sorprender a nadie ni ganar nada. Es el momento de la verdad: me agarro fuerte a las bridas y comienzo a guiar a Tristán, que responde obediente. Enseguida recupero nuestra conexión, y me centro en los ejercicios que nos quedan. La parada nos sale clavada, y eso que es difícil, porque el caballo debe permanecer erguido y quieto sobre sus cuatro patas. Felicito a mi compañero por superarse, y entonces me doy cuenta de que estoy disfrutando de verdad de la demostración.

Mi sonrisa de felicidad no cabe en mi cara cuando llego al final del ejercicio, no porque la gente se haya puesto en pie en las gradas para aplaudir, que también,

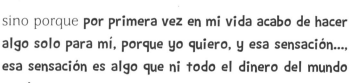

sino porque **por primera vez en mi vida acabo de hacer algo solo para mí, porque yo quiero, y esa sensación..., esa sensación es algo que ni todo el dinero del mundo puede comprar.**

J
La familia que se elige

No puedo sentirme más orgullosa de Álex. Casi me han saltado las lágrimas cuando ha terminado su ejercicio y ha venido a darme un abrazo. A pesar de todo lo malo, ha conseguido salir adelante, igual que yo. **¡Somos invencibles!** A la que no veo demasiado satisfecha es a Irene, que se pasea junto a Leyre y Norah con unos morros hasta el suelo, y eso que no la hemos delatado.

Al llegar el turno de mi demostración, Álex me da fuerzas para que, más allá de cómo me salga, disfrute del ejercicio. Monto sola sobre Siena y respiro hondo para relajarme. La yegua relincha cariñosa, como si también quisiera animarme. **De lejos veo a mis padres y a mi hermano, pendientes de mí.** Tengo la sensación de que mi madre está preparada para saltar sobre la pista en cualquier momento, pero que mi padre la contiene con su cariño y comprensión. Y empieza el ejercicio...

No sé ni cómo se llaman los pasos, pero intento marcarlos como me enseñó Marcelo. Suerte que al ser principiante, mis movimientos son infinitamente más sencillos que los de Álex, pero bastante lo he sufrido para conseguirlo, porque no, los caballos siguen sin ser lo mío... En un momento de pausa, miro a **mi amiga** para asegurarme de que no me está saliendo del todo mal, y ella asiente orgullosa, lo que me convence de que efectivamente lo estoy logrando. Y antes de que me dé cuenta, termino, y el público aplaude y no me creo que sea a mí.

Cuando acaba la competición y los jueces empiezan a repartir medallas, Álex y yo nos sentamos en unos huecos libres en el extremo de las gradas reservadas para los alumnos para comentar todo lo conseguido hoy:

—**Somos las salvadoras de la competición** —suelto, y ella me da la razón.

—No sé qué hubiera hecho si no hubieras aparecido buscándome en el momento justo... Siempre estás cuando te necesito.

—¿Yo? —pregunto, y noto que me arden las mejillas porque los halagos siempre me dan un poco de vergüenza—. Ejem... No sé qué hubiera pasado esta tarde si no hubieras estado donde estabas —digo, porque bastante miedo le tengo yo a subirme a un caballo como para que encima lleve las patas untadas con vaselina.

Nos reímos para quitarle relevancia a lo sucedido, lo importante es que todos estamos bien y, de pronto, mientras charlamos distraídas, empiezan a sonar unos aplausos generales entre el público y los alumnos y los imitamos aplaudiendo también, a pesar de que no sabemos por qué lo hacemos. Entonces oigo a un juez repetir un nombre:

—**Alejandra Giménez. ¿Está por aquí?**

—Esa... —comienza a hablar Álex, totalmente incrédula.

—**Esa eres tú** —le digo, sacudiéndole la rodilla, nerviosa.

—Creo que sí...

—¡Pues ve! **¡Vamos!** —exclamo aplaudiendo, orgullosa.

Álex se pone de pie y recoge **la medalla** que le ofrece uno de los jueces que están en la tribuna, el que menos pelo tiene, y le da las gracias al tiempo que él repite a través del micrófono lo que ninguna de las dos habíamos oído:

—**Medalla de oro por su gran ejecución del ejercicio ecuestre.** Enhorabuena, Alejandra.

Oro, ni más ni menos. Miro a mi amiga con cara emocionada y ella me mira a mí. Estoy tan contenta que, aunque no soy de armar escándalos, aplaudo con todas mis fuerzas y silbo para celebrar su victoria, que es mucho más que una simple medalla. Adrián, Matías y Sergio gritan eufóricos que **Álex es la mejor**. Y sí, yo también lo creo, mi amiga es la mejor que se puede tener.

Acabada la entrega de premios, el público empieza a ponerse de pie y a dispersarse, y **voy corriendo a abrazar a mis padres y a mi hermano**. Les he echado tanto de menos que necesito hacerlo con urgencia, y parece que no soy la única, porque en cuanto estoy abrazándolos noto las lágrimas de mi madre mojándome las mejillas y el aliento reconfortante de mi padre en la nuca, mientras mi hermano me tira de la chaqueta.

—Te queda bien —me dice Nico, señalándome el traje—. ¿Hay uno para mí?

Todos nos reímos, incluida Álex, a quien presento.

—**Familia, ella es Álex, mi compañera de habitación y mi mejor amiga.**

Ella me sonríe y se acerca para dar dos besos a cada
uno de los miembros de mi familia.

—Encantada. Julia me ha hablado mucho de vosotros —les dice, amable.

—Y a nosotros de ti, Álex. **Teníamos muchas ganas de
conocerte** —asegura mi padre.

—Sí, gracias por ayudarla tanto y evitar que se caye-
ra de uno de esos caballos —añade mi madre con una
sonrisa agradecida.

Álex me mira un momento y niega con la cabeza
quitándole importancia.

—Bueno, creo que **la ayuda ha sido mutua** —dice, y me aprieta la mano, cariñosa.

—Seguro que con los caballos no... —suelta Nico, y todos nos reímos.

Enseguida nos despedimos de ellos para ir a la habitación. ¡Es momento de cambiar el traje de equitación por el vestido de gala!

—¿Quién me iba a decir a mí que la ropa barata sienta tan bien como la de marca...? —dice Álex, acabando de retocarse ante el espejo. Las dos nos reímos. Se ha recogido su preciosa melena pelirroja en un moño despeinado que le queda espectacular.

Veo que algo le tuerce el gesto en un momento dado, y al preguntarle si está bien, intenta convencerme de que ya se le pasará.

—Cuando llegues a casa esta noche, **seguro que tu madre te da un buen motivo por haberse perdido la exhibición** —digo, y ella asiente, aunque parece no creérselo demasiado y procura cambiar de tema, metiéndome prisa para bajar ya a la galería donde se celebra la gran gala.

—**Adrián debe de estar deseando verte...** —empieza, y le doy un codazo por intentar ponerme más nerviosa de lo que ya me pone la idea de bailar con él.

Seguro que le piso o me tropiezo o hago el ridículo de cualquier otra manera. Cuando se lo comento a Álex, se ríe y me dice que mientras no le trate como a Siena, todo irá bien.

Finalmente, empieza el baile en la galería del internado, tras un precioso acto en el que la directora Carlota se luce haciendo entrega del dinero, nada más y nada menos que cien mil euros, a un representante de la ONG afortunada. Ha remarcado con insistencia a cuánto asciende la donación para que a todos nos quede bien claro.

La sala es espectacular y por eso la cuidan como oro en paño. Solo se permite el acceso a su interior en ocasiones especiales porque de sus paredes cuelgan cuadros de colecciones muy valoradas. Alucino cuando veo un Picasso y decido mantenerme alejada de él, no vayan a acusarme de estropearlo. Cuando se lo cuento a Álex, se ríe y me dice que el Picasso no, pero que por el de Miró, Irene nos daría un buen puñado de euros... Nos reímos, nos reímos mucho, y **me gusta que podamos afrontar así lo malo que nos ha pasado y que ya queda tan atrás.**

Una banda toca música desde un pequeño escenario y junto a las cortinas de terciopelo verde han colocado una mesa larguísima llena de canapés, bocaditos y entremeses que Álex y yo probamos uno detrás de otro, porque lo de competir abre mucho el apetito. Después buscamos a nuestro grupo entre el centenar de personas que llena la sala.

Adrián y yo hemos quedado en ser pareja de baile esta noche, pero ni Matías ni Sergio ni Álex tienen acompañante, así que imagino que estaremos buena parte de la noche todos juntos. Primero lo veo a él, junto a la mesa de los refrescos, porque es fácil detectarlo, a pesar de toda esta gente. Está guapísimo con su esmoquin y su pajarita. Unas mariposas revolotean en mi tripa y noto que me pongo todavía más nerviosa. Álex también se da cuenta, y busca chincharme un poco.

—**Adrián parece un actor de Hollywood, ¿eh?**

—¿Crees que notará que mi vestido es de segunda mano? —pregunto preocupada. Porque es verdad que él parece un actor, y siento que yo no llego ni al cargo de asistente.

Mi amiga me coge las manos y me mira a los ojos desafiante.

—¿Estás loca? **Eres preciosa y él lo sabe. Solo tiene ojos para ti** —dice muy seria y yo sonrío agradecida, notando que otra vez se me ponen las mejillas más rojas que un tomate.

Entonces oigo su voz, muy cerca. Mientras Álex y yo hablábamos, los tres chicos se han acercado hasta nosotras sin darnos cuenta. Y ahora Adrián está a mi lado, preguntándome al oído para hacerse escuchar:

—**¿Te apetece bailar un poco?**

Sus ojos, esos ojos verdes que me llenan con solo

mirarme, se posan en mí, expectantes. Y cuando mi cabeza empieza a asentir, los veo tan sonrientes como su boca..., si es que eso es posible. Adrián me da una mano y el contacto de su piel hace que se me ponga la mía de gallina, y que sienta que el calor se expande por mi cuerpo a toda velocidad. Mientras caminamos juntos hacia la zona de baile, **noto que el corazón me ocupa todo el pecho.**

Justo en ese momento, acaba la canción que sonaba, y empieza a escucharse el piano de «Someone You Loved», de Lewis Capaldi. Lo que me faltaba... **Un tema romántico a rabiar.** Adrián se acerca más a mí y, mientras me mantiene una mano cogida, me coloca la otra en la cintura para comenzar nuestro primer baile juntos. En ese mismo momento noto un escalofrío recorriéndome la espalda que me hace temblar un poco. Adrián se ha debido de dar cuenta, porque su brazo me aprieta más contra él como para librarme de ese repentino frío y yo me dejo acurrucar en su pecho, que ahora mismo me parece el lugar más cómodo y precioso del planeta.

Y mientras nos movemos al compás lento y encadenado de la canción, **Adrián y yo estamos cada vez más cerca el uno del otro, no solo físicamente.** Noto que apoya su barbilla en mi cabeza, y cuando levanto la mirada hacia él y le sonrío, él me devuelve el gesto con unos ojos llenos de algo que no había visto nunca. Nos

quedamos así, mirándonos, como si estuviéramos solos en esta sala atestada de gente, confiándonos lo que de verdad sentimos los dos, sin palabras, solo con nuestros cuerpos.

Cuando termina la canción, oigo la voz de Matías llamándonos tortolitos y me cuesta regresar del sueño en el que estaba. Parece que Álex tiene que marcharse ya, y viene a despedirse. Me separo un momento de los chicos para hablar con ella a solas.

—Tengo que acabar de hacer la maleta antes de que llegue el coche a recogerme —dice.

—¿Ya? —pregunto. Me gustaría que esta noche durara mucho más. **Está siendo tan perfecta...**

—Sí, ya sabes. Como lo dejo todo para última hora... —Nos reímos. Es verdad, Álex es un poco desastre en algunas cosas, en otras no—. Tú ya has dejado tu maleta en la entrada, ¿verdad?

Asiento con la cabeza. Le prometo que sus vacaciones con su madre serán muy buenas, y le deseo que la ausencia de su padre sea lo menos dura posible.

—No te preocupes. **Estaré bien** —contesta, como si tuviera prisa y estuviese deseosa de acabar la conversación—. Pues nos vemos en tres semanas... Disfruta con tu familia, Julia.

Me abalanzo sobre ella para abrazarla fuerte, porque quiero que sepa que si en casa no está bien, me encontrará a mí a la vuelta.

Cuando Álex se aleja tras despedirse de los demás, me queda una sensación rara, como de vacío.

—¿Estás bien? —me pregunta Adrián, que no se le escapa una.

—Sí, **solo espero que Álex también esté bien...**

—Y yo —dice. Lo miro, y nos sonreímos. Ahora su sonrisa me provoca todavía más cosquillas en la tripa que antes, podría pasarme el día contemplándola.

Mis padres y mi hermano no tardan en aparecer a mi lado para recordarme que tenemos que marcharnos ya a casa. Noto que Adrián se separa de mí con cierta timidez, para dejarme espacio.

—**¿Estás preparada?** Es mejor que salgamos ya, para que no le entre sueño a tu padre por el camino —dice mi madre.

Asiento y le pido un momento para despedirme de mis amigos. Les doy dos besos a Matías y a Sergio, y dejo a Adrián para el final. Cuando llego a él, sé que tengo algo que decirle, o que demostrarle, o no sé..., para que sepa que lo que ha pasado en este baile ha cambiado algo entre nosotros. Pero con los ojos de mis padres clavados en mi cogote me cuesta pensar con claridad. Así que solo le doy dos besos, como a los demás, y le deseo una feliz Navidad, como a los demás. Sin embargo, cuando me estoy alejando y noto sus dedos acariciando los míos, sonrío porque sé que lo sabe igual que yo. **Hay veces que las palabras no son necesarias...**

Me marcho con mis padres hacia la entrada del castillo, donde está mi maleta y todas las cosas que tenemos que llevarnos. Y no es hasta que mi padre empieza a meterlas en el coche que me doy cuenta de que me he dejado **mi precioso bolso de cuero** en la habitación.

—¡Ahora vuelvo! —digo, y salgo corriendo a buscarlo.

Cuando abro la puerta de la habitación, me sorprende encontrar a Álex echada en la cama.

—¿No ibas a acabar de hacer las maletas y a marcharte? —le pregunto extrañada.

Veo que se pone de lado y se encoge sobre sí misma un poco avergonzada.

—**Era mentira.** ¿Qué haces aquí? —dice.

—Me había dejado mi bolso, ¿ves? **Yo no te miento** —contesto. No sé qué pasa exactamente, pero no me gustan las mentiras, y Álex lo sabe.

—Perdóname... —se disculpa con la voz afectada.

—¿Es que no te vas a casa?

—Parece que no —contesta, encogiéndose de hombros—. Mi madre está ocupada con no sé qué papeles y no tiene tiempo para atenderme. Además, como no tenemos dinero, ya no tenemos servicio en la casa, así que... —Estira la boca en una sonrisa forzada y yo no me lo pienso.

—**Ven conmigo** —le suelto de sopetón.

—¿Adónde? —pregunta, confusa.

—**A mi casa.** A ver, yo no tengo patrimonios ni cosas de esas, vivimos en un piso pequeño y mi hermano es un viciado de los videojuegos, pero, aparte de eso, es majo y te caerá bien. Ven, lo pasaremos bien juntas —digo, y en este momento me parece la mejor idea de la historia.

—Pero tus padres... —empieza a decir mi amiga, y yo la interrumpo. Se nota que no conoce a mi familia...

—A mis padres les encantará la idea, te lo aseguro. Además, dicen que **los amigos son la familia que se elige, ¿no?** —Le señalo la tira del fotomatón colgada de la pared, donde salimos las dos felices, haciendo el tonto y más unidas que nunca. Porque realmente es así, ella es mi hermana ahora, es lo que siento. Y quiero que lo sepa.

Álex traga saliva y se toma unos segundos para pensar.

—Está bien —responde al final con una sonrisa—. Ya me he acostumbrado a que lo sepas todo y he visto que no es bueno llevarte la contraria —bromea, y yo me echo a reír justo antes de envolverla con mis brazos con todas mis fuerzas y hundir mi cara en su suave melena pelirroja. Al oído me dice emocionada:

—Gracias.

Y sé que en este preciso momento las dos nos damos cuenta de algo: no volveremos a estar solas nunca más.

¡Descubre otras series
de Ana Punset!

¡Únete al club!

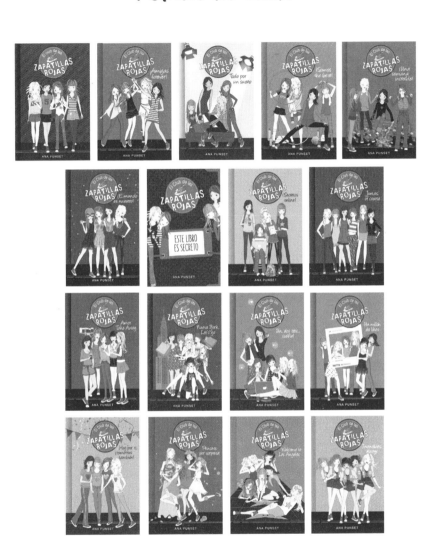

www.elclubdelaszapatillasrojas.es

¡VIVE TUS SUEÑOS EN NEW YORK ACADEMY!